JN081063

母を捨てる

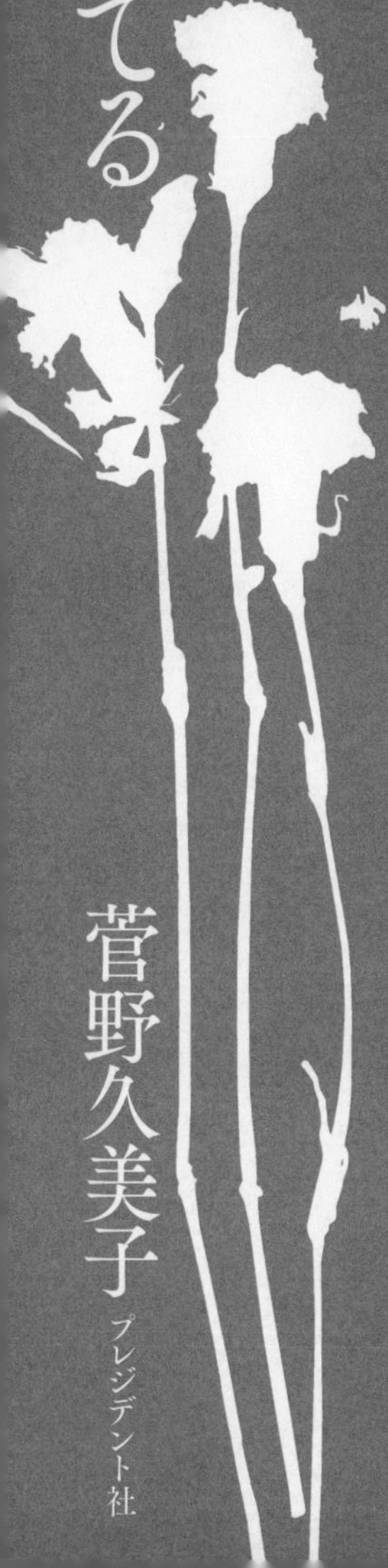

菅野久美子

プレジデント社

母を捨てる

プロローグ

三八歳、私は、母を捨てることにした。これは虐待サバイバーの私が、人生を懸けて「母を捨てる」までの物語だ。

毎年巡ってくる母の日――。今、私は母の日に、この原稿を書いている。またこの季節がやってきた、と思う。

デパートの花屋や雑貨売り場は、赤やピンクを基調にした華やかな飾りつけがなされている。「おかあさんに、ありがとう」「ハッピー・マザーズデイ！」

多様なカーネーションが街を彩る年に一度のこの日、心の古傷がキリキリと痛む。ハート型のバルーンと花輪のガーランド。レジには、カーネーションや花束を持った老若男女が、ズラリと列をなしている。店員も慌ただしそうにしていて、書き入れどきという感じだ。

その行列の横を、私は足早にとおり過ぎる。胸中にひりつくような痛みを抱えながら。母という言葉の洪水のせいで、クラクラと軽いめまいもする。私は、今後一生この列に並ぶことはない。

私は、母を「捨てた」のだから。

そんな自分をもう一人の自分が「親不孝者」と罵る声が聞こえ、自己嫌悪で引き裂かれそうになる。否《いや》が応《おう》でも襲いくる葛藤を突きつけられるのが、この季節なのである。


思えば母と私の間には、これまで本当にいろいろなことがあった。

私は、母を殺したいほどに憎むと同時に、愛してもいた。母が大好きだったからだ。母は私であり、私は母であったから。母とは、さまざまな苦楽を共にしてきたから。

まるでバウムクーヘンのように別々の層が積み重なって、分かちがたくくっついてしまい、けっして離れられない――ずっとそう思っていた存在、それが母だった。

母から受けた傷はあまりに大きかった。母からは肉体的、精神的、ネグレクトなど、ありとあらゆる虐待を受けた。私は母に殺されかけた虐待サバイバーだが、逆に母を殺そうと思ったことが何度もある。引きこもりの末に家庭内暴力を起こし、母の首を絞めたのだ。まさに一触即発だった。

だから、親を殺した子どもや、子どもを殺した親のニュースを耳にすると、いつも自分ごとのようにドキッとする。私も一歩間違えば、あの加害者になった可能性があるからだ。母によって受けた傷は今も私を蝕《むしば》んでいて、社会でうまく生きていけているとは言えない。

母の顔色ばかりうかがってきた私は、自己肯定感が低く、学校では激しいいじめに遭い、不登校や引きこもりになった。いつも自分が大嫌いで、そんな自分を傷つけたくて、自殺未遂も繰り返した。

その後、人生の紆余曲折を経て、私は今ひょんなきっかけから、孤独死を取材するノンフィクション・ライターとなり活動している。孤独死の現場には、私と同じように親に苦しめられた生きづらさの痕跡を感じることが多かった。

私はその現場に立ち会うたびに、心が痛んだ。多くの人が親の呪縛から解き放たれるには、そして私自身が母と決着をつけるには、どうすればいいのか。

そういう問いを突きつけられた気がしたからだ。

そんなこともあって私は、表面上は母との関係を維持しつつも、密かに母を捨てる方法を模索し続けてきた。そうしなければ、私自身が壊れてしまいそうだったからだ。どうしようもなく、苦しかったからだ。

誰よりも打たれ弱くて、愛情に飢えている私が、なぜ母を捨てることができるのか。

どうやって、母を捨てたのか――。ぜひ、その結末を共にしてほしいと思う。

母を捨てる●もくじ

第一章　光の監獄

私は何度も何度も、母に「殺された」

いつだって人には、出会いと別れがある。別れがあるのは、恋人や友人だけではない。自分を生んだ母とも、いつか別れがくる。それは必ずしも、死別という一般的にイメージされやすいものだけではない。

恋人や親友との別れのように、自分で別れを「選択」することだってできる。

私は数年前、自ら母を捨て、そして、母と別れた。自分を生み落とした母を捨てることは人生でもっともつらく、身を引き裂かれるような決断であったと思う。

それでも、今の私が自信を持って言えることがある。親との関係がどうしようもなく苦しければ、恋人にさよならを言うように離れてもいいし、捨ててもいいということだ。

まずは、そんな母との衝撃的な「相克のはじまり」から振り返ってみたい。

私が物心ついたとき、それははじめて自分の体と心を認識したときだった。母の胎内から出てきて、まだたった四年ほどしか経っていない、幼稚園児の頃である。私と母との関係は、ここからはじまった。私の一番古い記憶だ。

今も頭に焼きついて離れないのは、西側の窓からサンサンとさし込む太陽の光だ。それは、まばゆいばかりの光で、私と母をいつだって照らしていた。

母と一緒に幼稚園から自宅に帰った私は、黄色の斜めがけバッグを下ろし、紺のベレー帽を脱ぐ。すると、先生やお友だちに見せていた母の満面の笑みが、たちまち鬼のような形相に変化していくのであった。その途端、私の全身が恐怖ですくむ。

「こっちにきなさい！」

母は、私の小さな腕をつかんで、強引に廊下の奥にある部屋に引きずっていく。そこは六畳一間の父の仕事部屋だった。窓は完全に閉め切られている。それでもカーテンはいつも開いていて、畳は一部だけすすけて黄金色に日焼けしていた。かすかだが、父のつんとした整髪料の匂いが鼻をつく。

部屋の左側には、こたつと座椅子があって、その上にはピンクや黄色など色とりどりの蛍光ペンや色鉛筆、書類が無造作に並んでいた。小学校の教師である父はよく、休日や夕食後はこの部屋にこもっていた。そして、机の上のペンを手に取り、テストの採点や添削に没頭していた。当然ながら平日の昼間にそんな父の姿はない。

母の虐待は、晴れた日の午後で、場所は父の仕事部屋と決まっていた。虐待の理由は、「忘れ物をしたから」「服を汚したから」などだった気がする。しかし、今思うとそれはこじつけに過ぎなかったと思う。

帰宅するなり、私は母から「今日は虐待が起こる日だ」というオーラを嗅ぎ取り、恐怖心でブルブルと震えた。要するに、母の機嫌がすこぶる悪い日というわけだ。朝は笑顔で幼稚園に送り出しても、帰宅すると別の顔を見せることもあった。だから、母の虐待はすべてが予測不能だった。

部屋は鮮やかな光に包まれていた。まだ光が見えているうちは、希望があった。ささやかな希望が——。

目を覆われていないうちは、まだ「苦しくない」。まだ、「大丈夫」。あの「苦しい」時間を、一分一秒でも先延ばしにできる。小さな私の心は、そうして必死に私自身を勇気づけていた。母に激しく罵倒され、次に起こることにおびえながら、それでも私は、「あの光」を追わずにはいられなかった。なぜなら、あれは私に残された最後の安心だったから。

母が押し入れを開け放ち、ポリエステルの毛布を乱暴に取り出す。ドサッという音。毛布の細かな繊維質が、何百、いや何千と、ふわふわと空中を飛び交っているのが目に入る。白と黄色が混じり合った西日に照らされて、それはあまりに美しく、自由に浮遊していた。

次の瞬間、私の視界は、漆黒の闇に覆われる。父の書斎の道具が残像となり、突然かたちを失っていく。これまで部屋中にさしていた光が失われる。目の前は真っ暗で何も見えない闇の世界へと反転する。

それと同時に、私の中にあった最後の希望はプツリと消える。母が私にかぶせた毛布の上から首を絞めつけてきたからだ。同時に息ができなくなる。顔中を覆うモコモコした毛布が、口に入ってきて吐きそうになる。

「くるしい、いきができないよ！」

「お母さん、ごめんなさい！　ごめんなさい！　だからゆるして！」

私は、毛布の下で叫ぶ。絶叫する。しかしいくら泣いても暴れても、誰にも届かない。届いたところで、この力がゆるまないのは、これまでの経験から痛いほどによくわかっている。その声は厚い毛布に阻《はば》まれ、母の暴力の前で四歳児である私は、あまりに非力すぎた。

だから私に今できるのは、小さな口と鼻で、必死に息継ぎをすることだけだ。ただただ、呼吸を浅くすることだけ。

「ハーハー、ハーハー」

息苦しさのあまり、ボロボロと涙と鼻水が出てくる。涙の粒は顔面を伝って、毛布を濡らす。毛布は流れ出た水分を含み、さらに呼吸を苦しくする。涙を吸い込み、ベチョベチョに濡れた毛布は、巨大な怪物のように私にのしかかってくる。まだこの世に生を受けてたった四年――。か弱い四歳児の私は、母の強大な力を前に、なすすべがない。母の強大な力に、ただただ翻弄されるしかない。

「お母さん、たすけて!」

苦しさのあまり、毛布の隙間から声を上げると、「ゲホゲホゲホゲホ」と嗚咽し、咳《せ》き込んでしまう。どうやら、毛布の繊維を喉の奥に深く吸い込んでしまったようだ。

いつしか意識が遠のき、呼吸がゼーゼーと浅くなる。酸素と二酸化炭素の交換がうまくいかなくなってくる。それでも私の小さな肺はギリギリのところで、耐えようとする。生きようとする。血管から血管へと流れる酸素を循環できない、断末魔の苦しみ。

私の首を絞めつける母の巨大な手は、その圧をじわじわと増し、ギリギリのところまで私を絞め上げる。そうして小さな私の呼吸を、極限まで追い込んでいく。

「お母さん、くるしいよ。おねがい、もうやめて! ごめんなさい、ごめんなさい」

「あんたなんか、生まなきゃよかった」

母の吐き捨てるような言葉が、毛布越しに私の耳にも聞こえた。だけど、だからといって、どうすればいいのかわからなかった。

母は、私にありとあらゆる虐待をしてきたが、こうして私の呼吸を奪うことが多かった。そして、私にとって一番の恐怖は、お尻を叩かれることでも、ビンタされることでもなかった。そんなことは、一瞬の痛みに過ぎない。

一番の恐怖は、こうやって呼吸をじわじわと、いつ奪われるかもしれないことなのだ。母が、呼吸を奪う虐待を頻繁に繰り返した理由――。それは、今考えてみれば、母が近隣住民に知れ渡ることを、何よりも恐れたからだろう。

当時私たち一家は、福島県郡山市の古い借家に住んでいた。よくある普通の地方都市だ。私が生まれた一九八〇年代は、今ほど児童への虐待が認知されていなかった時代である。とはいえ、近隣関係は今ほど希薄ではなかった。案の定、お隣との距離も近く、隣には心の優しい親切な年配の夫婦が二人で住んでいた。母は、よくこの隣人の奥さんにおすそ分けをもらうような仲だったし、町内会も顔の見える関係で機能していた。

だから私が泣き叫べば、誰かが駆けつけたり、噂されたりする。それを、母は何よりも恐れたのだろう。

周囲に声を聞かれてはいけないし、何よりも母の行為は誰にも知られてはいけないのだ。だから母の虐待は、声や呼吸を奪うものが多かったのだろう。またこの方法だと、私の体に傷がつくことはないという利点もある。服の着脱がある幼稚園に気づかれると、児童相談所に通報されるかもしれない。

そして、母が虐待場所に父の書斎を選んだのは、その部屋が家の中で一番奥まった場所にあるからだ。

母がそんなことまで周到に考えていたのかと思うと、背筋がゾッとする。しかし、そんなトリプルプランが功を奏してか、近隣住民や幼稚園に母の虐待が知られることはなかった。父親にすらも――。

そう、母の虐待行為を知っているのは、当事者である私、たった一人である。それはいみじくも、誰からも救いの手を差し伸べてもらえなかった残酷な事実の裏返しでもある。そして、母の虐待に一人で挑まなければならなかったことを意味する。

そうして何度も何度も私は、母に「殺された」。それでも、我ながら生物の「生きる」力はたくましいと思う。私は母の虐待のパターンを子どもながら必死に学習し、何とかそれに立ち向かおうとしていたからだ。

ある日、私は、母の虐待を何度も受けるうちに、いつか昆虫図鑑で見たヤモリの生態を思い出していた。ヤモリは、敵が去るまで微動だにしない。そうして敵が去ると再び動き出すのだ。そうやって、ある種の昆虫や爬虫類は死んだふりをして、我が身を守るのだという。

私はある日、あのヤモリを見習って「死んだふり」をした。突如として泣きじゃくることをやめ、突然ガクンと力を抜くのだ。それは四歳の幼稚園児が必死に編み出した、痛々しいまでの生存戦略だったと思う。危機的状況を必死にサバイブするための、命を懸けた戦い。しかし今思うと、そんな私が見せる生への執着こそが、何よりも母の苛立ちの対象だったのではないだろうか。

最初、母は突如として動きを止めた私を見て、驚いたことを私は覚えている。私の首を絞める力が一瞬だけゆるんだからだ。

しかし母のほうが何倍も、いや、何十倍も上手だった。母は、いつからか私の擬態を見破るようになったのだ。ある日を境に、母は私がガクンと力を落としても、毛布の上から首を絞め続けた。そのときの私は再び、絶望の淵へと突き落とされたと思う。もう、「死んだふり」はできない、と——。

無限に続く処刑のループ

当時の私にとって母の虐待は、もはや日常だった。私は幼稚園から帰るのが、怖くてたまらなかった。この瞬間が訪れると混乱と恐怖で立ちすくみ、ガタガタと震えがくる。

母の虐待は気まぐれで、あたかもロシアンルーレットのようだった。機嫌がいいときは、気が済むと短時間で解放されることもあった。

そんなときは、「もうくるしくない」という感覚にホッとする。そうして私は再び、あの光のある世界へと還っている。光は、私が再びこの世界に生還した証しだ。それは私が呼吸をしている、まだ生きている証しだ。

しかし、私は母の虐待によって何度も生命の危機に近づいた。そのままストンと気を失うこともあったからだ。

そんなときは、気がつくとあたりは真っ暗闇になっていた。まるでタイムマシンで昼から夜に突然ワープしたような感覚なのだ。それはとても薄気味悪くて、怖かったことを鮮明に覚えている。

それでも子ども心に、わかったことがある。あっちの世界に行ってしまえば楽になるということだ。「気を失う」と、ふわふわした毛布の中で意識が薄れていき、全身の力がフッと抜ける。すると私は一時的に「くるしいこと」から逃れられる。苦痛を感じないでいられる。そうして気がつくと、夜になっている。夜になっていれば、すべては終わっている。そんなことにある日、ふと気がついた。

生きているという苦痛——。この地獄を、生き続けなければならない苦痛。

このまま遠い世界に行ってしまえば、楽になるのに。このまま消えてしまえば、もう苦しくなんかないのに。手足の感覚がなくなり、小さな私がプツリとテレビの画面のように消え、世界から消滅してしまうこと。「いたい」「くるしい」。そんな自分を必死に表現する覚えたての言葉と、快不快の感覚だけの世界からいなくなること——。

大人になった今なら、それが「自死」を意味すると客観的に認識できる。しかし、まだこの世に生を受けてわずか四年ほどの未熟な私は、「自死」という言葉も、その概念も持っていない。それでもこの頃の私は、母の虐待から逃れるために、潜在的に「自死」を望んでいたのかもしれない、と思う。そのくらい、あの母との時間は耐えがたいものだったのだ。

嬉しかったのは、記憶が飛んだ直後、母が決まって異様に私に優しくなったことだ。母はたび重なる虐待で気を失う私を見て、死んだかもしれないと、内心おびえていたのだろう。

私が死ねば、母は殺人者になって刑務所に送られるのだから――。しかし、そんな「大人の事情」なんて何一つわからない当時の私は、時折見せる母の優しさに有頂天になっていた。

私はあのときに母の愛を渇望していた自分を思うと、いじらしくて泣けてきてしまう。あれだけのことをされても、私は、母の愛が欲しかったのだ、と。どんなにひどいことをされても、母に優しくされたかったのだ、と。

しかし、そうやって心の底から母に対して湧き上がる感情そのものが、これから四〇年間続く私の人生を縛りつけ、もっとも支配してやまないものになるとは、夢にも思っていなかった。

私はこうやって、幼少期を生き抜いた。サバイブした。朝起きて、幼稚園に行き、バスで家に帰り、「いたくて、くるしい」母の暴力にさらされ、心身をこれでもかといたぶられた。

そうして、幾度となく父の書斎で「生」と「死」の狭間を行き来する。何度も何度も繰り返され、いつ終わるともしれない無限に続く処刑のループ。その断頭台に数え切れないほど上った私は、そうして魂の隅々まで、母に殺されたのだ。

大人になった今ハッキリ言えるのは、母のやったことは明らかな虐待行為であるということだ。そして同時に思う。虐待の恐ろしさは肉体的な苦痛だけではない。このどうしようもない無力感を、生涯にわたって子どもに植えつけることなのだ、と。大人になっても人生のありとあらゆる局面においてその感覚がぶり返し、無力感に苛《さいな》まれることなのだと。

私には母の虐待から逃れるすべがなかった。

風呂場の白い光

思い起こしてみれば、私が物心ついたときから、母は次から次に私を苦しめる方法を見出していった。

ある日、母は新たな虐待方法を発見した。それは、毛布責めをはるかに上回るもので、私は恐怖に打ち震えた。

私の家では、震災などの非常時用に、前日に風呂の水を溜めるという習慣があった。母はそこに目をつけた。その溜めた水を私の虐待のために使用するようになったのだ。

午後の昼下がり。あたりはしんと静まりかえっている。母はあるとき、私が幼稚園から帰るなり、浴室に私を引きずっていった。

「おふろには、いきたくない！　いきたくない！」

私は絶叫して、必死の抵抗を試みる。しかし、この結果はわかっていた。いつだって母の勝利なのだ。この戦いは、最初から負けが決まっている。最初から負けの決まったゲームに、強制的に参加させられる絶望――。

ピシャリと風呂場のガラスのドアが閉められる。いつ終わるとも知れぬ、監獄の拷問のはじまりだ。

視界に入るのは、灰色と黒のゴツゴツした小さな石でできたタイル張りの浴室、半透明のプラスチックの湯おけ、揺れる水面。巨大な水色のバスタブ。白い紐にぶら下がった、へちまのたわし。小さな木目調の椅子。カビが生えた、緑色のシャンプーとリンスのボトル。すえたかびの臭い、ブルーのプラスチックのすのこのキュッキュという感触。

そして、ずっと遠い彼方の小窓から風呂場にさす、とてつもなく柔らかな白い光。そう、あの慈愛に満ちた光――。いまだにあの光景は、私の脳裏に焼きついてけっして離れない。

母の巨大な手が容赦なく私の髪をつかみ、顔面を浴槽の水へと叩きつける。迫りくる透きとおった水面。まるで硬いコンクリートに叩きつけられたかのような衝撃。ひやりとした水の感触。あのとき、あの瞬間、母の巨大な手は私の顔面を何度も何度も力任せに、水中へと沈めた。

何かに憑《つ》かれたかのように、水面にバシャンバシャンと叩きつけた。まるで思いどおりにならない、壊れたおもちゃを床に叩きつける子どものように――。体中から湧き出た憎しみのエネルギーをすべて、ぶつけるかのように。お前なんか、生まれてこなければよかったと、私を、そして自分の人生をも呪うかのように――。

混濁した意識の中で水が目から入ってくる。ヒリヒリした痛みを感じて、思わず目を閉じる。中耳炎になったときのような、耳の奥の鼓膜に水が容赦なく入ってくる不快感。跳ね上がる水しぶき。

ひりつくように冷たくて、苦しい水の中。鼻の穴、口の中、耳の穴――、顔中の穴という穴から容赦なく入りくる水、水、水。それらの水は、つんとするような激痛を顔面に走らせる。アップアップして、息が苦しい。

幼稚園児の私にとって、バスタブは人工の大きな池で、底なしの深海のようでもある。母にグイグイとつかまれる髪。動くことすらできず、「ゴホゴホゴホゴホブクブク」と口と鼻から出る空気の巨大な泡が、顔の横を無数にとおり過ぎていく。

頭上でちゃぽんちゃぽんと揺れる水しぶき。喉の奥から絞り出した息のあぶく。

いきを、いきをしなくちゃ……。

パニックに陥った私は、ただひたすら手足をばたつかせる。私は、母がわずかに手の力をゆるめる瞬間に、なんとかハーハーしたい。ハーハーハーハーしたい。頭に浮かぶのは、その言葉の永遠のループだ。まだまだ単語を覚えたばかりの年。

混濁する意識、消えゆく呼吸の中で、四歳児の私はそれでもお母さんに謝りたい——と、ただ一心に願っていた。

くるしい、お母さん、ごめんなさい、くるしい、お母さん、ごめんなさい、くるしい、お母さん、ごめんなさい、ごめんなさい。次、息を吸えたら、わたしはお母さんに、ごめんなさいというんだ。ぜったいにいうんだ。いうんだ。

今度水面に出たら、あの光を見ることができたら、小さな呼吸をして、母に許しを請わなければならない。必死に命乞いをすること、それが四歳児の私にできる最大限の、生きるために考え出したサバイバル術だった。

母の手が少しだけゆるんだ瞬間、私は顔面を水面から出すことができた。唐突に、目の端に、あのまばゆいばかりの光が見えるのがわかった。キラキラと水面を反射する光。大きな母と小さな私を照らす光。あまりに無慈悲なその時間と対比するかのように、その光は暖かく、恐ろしいほどに優しく穏やかだった。

水面から浮上したばかりの私は息継ぎするのが精いっぱいで、直後に言葉は出ない。

「ゴホゴホゴホ」とむせながら、飲み込んだ水を吐き出すのが関の山だ。

本当は母に謝りたいのに。言葉を発したいのに。ごめんなさいって言いたいのに。悲しいほどに言葉が出てこない。そうしなければ、またあの苦しみのどん底に突き落とされるというのに。

呼吸の合間になんとか、「ごめんなさい！　ごめんな……」と叫ぶ。必死に絞り出した声が、ブツリと途切れる。幼い私は「さい」まで叫べなかった。

母の手は再び私の髪をつかみ、私は大人の圧倒的腕力によって組み伏せられ、水中に引きずり戻される。

私の発した小さな「さい」は、水の中に沈んでブクブクと泡となり、消えてしまった。母に「ごめんなさい」と最後まで気持ちを伝えることができなかった。心の中が、虚しさと絶望でいっぱいになる。

あの、切なさ。どうしようもなさ。ただ、強大な暴力に翻弄されるしかない無力さ。

大人になった今でも、私はよくあのズドンとした無力感に苛まれることがある。そうして、すべての感情が全身から抜け落ちたかのように、無気力となるのだ。

それでもあのときの私は、生物として最後の力を振り絞り、「生きたい」という本能のみで、決死の抵抗を試みようとしていた気がする。髪が海苔のようにべったりと鼻と口に張りついて、呼吸を妨げる。私は無力な実験台のカエルさながらで、ビクビクビクビクと四肢をばたつかせる。そうして四歳児に与えられたありったけの力を最大限まで振り絞り、激しく暴れた。それは、生命の危機に瀕したすべての生物がおこなう、本能を懸けたあがきでもあった。

昔、ザラザラしたブラウン管のテレビの向こうで見た気がする。アフリカのサバンナで、巨大なワニに川に引き込まれたヌーの子どもを。地上の動物は一度川に引きずり込まれたら、二度と戻ってこられない。あのときワニは、すぐにヌーをひと飲みにはしなかった。ひと思いにすぐに食べてしまえばいいのに。そうしたら苦しまずに済むのに。私は子ども心にそんなことを思っていたっけ。

ヌーの子どもの最後は壮絶だった。ワニはヌーの子どもを、空中に何度も何度も放り投げた。それは、すでに運命の決まった小さな命の最後の瞬間を、弄《もてあそ》んでいるようにすら映った。そうしてワニは、ヌーが弱り切って絶命する寸前のところで、大きな口を開けて満足げに平らげた。あの瞬間ヌーの子どもは、どんなことを考えていたのだろう。

絶望的なほど死が待ち受けているとわかっている状況の中、それでも懸命に足をバタつかせていたとき、ヌーの子どもはどんな気持ちだったのだろうか。それはただただ、「生きよう」とする動物としての本能だったのではないだろうか。そんなことを、ふと思う。

私の目の前に広がっているのは、あのテレビの中と同じ水面だ。

ここはワニのいる川で、大人という圧倒的な力を行使する母親の前で、私はただただヌーの子どものように弄ばれている。ヌーの子どもと違うのは、母の虐待は死がゴールではないということだ。そして、それはいつ何時はじまり、いつ止むかもわからない。それはある意味、死が待ち受けるよりも、つらい苦しみだといえる。

浴槽の水が、たけり狂う嵐の海のごとく荒れて波立つ。水面が激しく左右に揺れ、バスタブから勢いよくジャパンジャパンと飛び出す。水滴が母のエプロンに降りかかる。

母の巨大な手は、水中で私の小さな頭蓋をつかんで離さない。それどころか、いっそう力が入るのがわかる。

「ブクブクブクブク」と勢いを増す泡。もはや、酸素はすべて出し尽くした。意識がしだいに遠のき、私という姿形をした輪郭が消えていく。混濁した意識の中、今度こそもう戻ってこられないかもしれない、と子ども心に思う。

くるしいよ、くるしいよ。そんな言葉しか浮かんでこない。脳に酸素が回らないせいか、手足は脱力し、ゆるゆると抵抗する力が抜けていく。

できることなど何もないのだ。ただただ刻々と襲い来るパニックと恐怖、水の感覚、薄ぼんやりとした、おぼろげな記憶の断片――。私は、いつ解放されたのだろうか。

監獄に囚われた「少女」

一時間か、数時間か。どのぐらいの時間が過ぎたのだろう。時間の感覚がツギハギで途切れ途切れなのは、思い出すことすら憚《はばか》られる記憶を、奥底に押しやっているからだろうか。それでもなぜか、あの瞬間はゆっくりとした時間が流れ、映画のスローモーションのように今でも鮮明に思い出すことができる。

私が母の凶行を回想するとき、まず頭に浮かぶのは、光だ。優しくて甘美な、あの光。白とオレンジが入り混じった光は、いつだって私たちを包んでいた。

母の虐待と共に、強烈に頭に焼きついて離れないのは、こうした強烈な太陽の「光」の記憶なのだ。

そうか、と思う。

母の虐待はなぜだか決まって、晴れた日の平日の昼間に遂行された。当然ながら母は、虐待の事実を父に知られたくなかったのだろう。私が幼稚園から帰ってきて、夕食までの間の時間。もっとも高く太陽が昇り、窓にさし込む時間――。太陽が傾くまでの隙間の時間。それが、私にとって「くるしいこと」の起こる日だった。

だから、風呂場の天井近くにはいつも小さな窓から光がさし込んでいたのだ。それは、西日で、私はどんなときも、あの「光」と共にあった。思えば父の書斎も風呂場も、居間のあるベランダとは正反対の西側にあった。昼過ぎの誰もがまどろむような時間、暖かくて柔らかな日差しの下の母の虐待。

あのキラキラとした光は、とてつもなく優しく、水面と母と私を包んでいた。

幼き私はその西日に目がくらみながら、これから起きることに、ぶるぶると震えた。母の手によって溺れ、穴という穴から大量の水を飲み込み、母の気まぐれで浮上し、命をつなぎ、息を吹き返した。そして、「光」の照らす世界へと帰ってきた。あの、柔らかくまばゆいばかりの光の中に――。

あの光は震えるほどに暖かくて、いつだって私と、いや私たちと共にあった。母の虐待とこのまばゆいばかりの「光」は、いつだって一緒だった。

朝起きて、幼稚園のバスに乗り、家に帰ってきて、再びあの光に満ちた監獄へと放り込まれる。父の書斎だったり浴室だったり、サンサンと光がさし込むあの場所へ――。

そして視界からプツリと「光」が失われる瞬間がやってくる。ただただ絶望と恐怖、苦しみだけが支配する時間――。「くるしい」「まっくらな」悠久の時間のどん底へと、私は足を取られる。巨大な母の暴力の渦の中へ、蛇の蜷局《とぐろ》のように、ただただ絞め上げられていく。

母は私のすべてを司る絶対的な神であり、悪魔でもある。突然転がったサイコロの目。母の前にはその日の気分によってゆだねられる命がある。すべては母の意のまま。私は、母の気まぐれに差し出される生贄《いけにえ》に過ぎない。そして日はまた昇り、終わりなき狂った日常が繰り返される。

幼少期の私は、いつだって生と死が隣り合った世界に、身を置いていた。

母の壮絶な虐待から、「命」だけは生還した。だから私は今ここにいる。だけど私の心は、きっと何度も何度も、その終わりなき循環の中で魂の「死」を迎えたのだろう。

朝起きて、仕事をして、日が暮れて、夜を迎える。あのときと一緒だ。

四〇歳を過ぎた今でも、浴槽に浸かっているときたま息苦しくなり、激しい吐き気に襲われる。大人の体の私には、このバスタブは窮屈すぎるぐらいで、当然ながら溺れるほどの水位なんてないのに。

またはふと、ふわふわした布団に顔を埋めるとき、なすすべもなく、ただ息をつないでいたあの感覚がふいにフラッシュバックし、ドクドクと心臓が高鳴る。

そんなとき、私は大丈夫だと、自分に言い聞かせる。もう私は大人になったのだ、と。あんな怖い思いは、二度とすることはないのだ、と。

それでも、なぜだか、これまで後ろ髪を引かれるような思いはずっと私の中にあった。

私の中には少女がいて、ふとした瞬間に頭をもたげてくる。そんなとき、突然、あの光を思い出す。では、あのときの少女は、どこにいったのだろうか。忽然《こつぜん》とその姿を消したのだろうか。あの少女はまだ苦しみの中で、のたうち回っているのではないだろうか。あの子は、まだ監獄に囚われているのではないだろうか。終わりなき時間のループの中で苦しんでいるのではないだろうか。

母を捨てた今、私ははじめて、少女と向き合っている気がする。私の中の囚われた少女を救い出してあげられた気がする。

私は、母から確かに虐待された。愛すべき母から、心身に暴力を受けた。しかしこれまでの人生で、その事実を見て見ぬふりをしていた。それは今の今まで、大人になってからも、ずっと私は母に愛されたいと思っていたからだ。だから私はずっと、私の中の「少女」をどこかに置き去りにしていたのだ。亡き者に、していたのだ。

だけど私はきっと、長年あの少女と無性に出会いたかったのだと思う。あのときの少女を認めてあげたかったのだ。よく生き延びたねと、ただただ頭を撫でて、抱きしめてあげたかったのだ。時空の狭間をさ迷っているあの子に、居場所を与えてあげたかったのだ。

そうしなければ、あの子は亡霊のように私の心のどこかにいつもいて、ずっと悲しそうな顔で所在なさげに私を見つめ、苦しんでいただろう。

母を捨てることは、はじめて自分の中のあの子と出会うことでもあったのだ。それは、人生の後半戦を生きる私にとって、自身の過去とあらためて出会うことにほかならなかった。こうして母の虐待を書き出してみると、それはとてつもない「痛み」を伴うことでもあったと思う。しかし、それと同時に、母を捨てたもっとも大きな贈り物だった。

なぜなら自分を大切にするための一歩、自分の人生を生きるための一歩だと気づいたからだ。私の中の少女と出会い、再会できたこと——。それはふらふらと頼りないながらも、自分自身の足で大地を踏みしめ、自分の人生を生きることを意味する——。

そう確信したのは、母を捨てて一定期間が経った、ごく最近のことである。

第二章

打ち上げ花火

四歳の殺人未遂

弟が生まれたのは、私が四歳のときだ。母のお腹が日に日に大きくなっていくのを横目で見ながら、私は子ども心に、どこか不穏なものを嗅ぎ取っていた気がする。身重になった母は、自分のお腹を撫でさする時間が増え、それはとても愛おしそうだった。

そしてほどなくして、衝撃的な事件が起きた。

びっくりするほど小さくて頻繁に奇声を発する、へんてこな生き物が私の前に突如として現れたのだ。それは生まれたばかりの弟だった。母は、そのへんな生き物を愛おしそうに腕に抱き、頬ずりした。いつもと違う様子に感じた胸騒ぎを、私は今でも覚えている。そして、それは的中した。

そのときから母の関心は、がらりと変わった。どんなに私が「お母さん」と言っても、かまってもらえず、無視される。いつからか母の口からは「お姉ちゃんなんだから」という言葉が、しょっちゅう飛び出すようになった。その言葉は生涯にわたって、私を束縛した。

確かに弟は可愛かった。それは一般的な男の子よりも中性的だったからだ。

弟は今でこそ背が高くなり、がっちりした男らしさがある男性になったが、生まれたときから三歳くらいまでは目がくりくりとした、まるで「女の子のような」容姿をしていた。

そんな弟は、近所でも評判の子どもだった。

弟はベビーカーに乗っていても、中年の女性たちからいたるところで声をかけられた。「あの子、女の子みたいね。あら、男の子だって」「かわいいね」。そんなとき、母はまんざらでもないという顔で、笑顔を振りまいた。私はそのベビーカーの後ろをただただ、存在を消してついていくしかなかった。

母にとっては、弟はとにかく何よりの自慢の種《たね》だった。母は、弟が生まれてから、私を意図的にいないものとして扱うようになった。けっして忙しいからではない。私という存在を徹底的に無視するようになったのだ。どんなに母を呼んでも、甘えても、目を向けてもらえない。返事もしてもらえない。そんなことが増えはじめた。

まるで私は透明人間だった。弟が生まれてからというもの、そうやって母からネグレクトされる日々がぐんと多くなっていた。母の乳房も、愛情も、すべて弟のものになった。それは、私の自尊心をズタズタにした。

しかし、そんな私が唯一、母から愛情を受けることができる瞬間があった。それは、虐待されるときだった。弟が生まれてからも、母の虐待はまったく止む気配はなかった。むしろ、逆にひどくなるばかりだったと言っていい。母は、弟が生まれてから外の顔と内の顔を巧みに使い分けるようになったのだ。家の外ではママ友たちに愛嬌を振りまくようになり、家の中では私への虐待をエスカレートさせていった。しかし、弟に手を上げることは一度もなかった。

母は弟の育児のストレスのはけ口を、露骨に私にぶつけるようになったのだと思う。母にとって、私は完全にお荷物でしかなかった。それを、私も重々承知していた。

それでも母の暴力をただひたすら受けているとき、それは、私にとって母の愛を一身に浴びられる貴重な、喉から手が出るほど望んでいた瞬間でもあった。このときばかりは、母が私に向き合ってくれるのだから。

当然ながら子どもにとって、親は神のように絶対的な存在である。私は、母に与えられるこの痛みこそが、母のかたちを変えた愛情なのだと思い込むようになった。それは幼少期に母に植えつけられたバグなのだろう。バグは、今も私の人生に多大な影を落としている。

犬にベルを鳴らしてえさを与えると、ベルを鳴らしただけで唾液を分泌するようになる。それをパブロフの犬という。私にとって虐待は、母の愛の証しだった。私はパブロフの犬と同じく、痛みを与えられると、母から愛情を注がれる喜びを感じるようになった。そして今もパブロフの犬のように、愛情と痛みを切り離せないでいる。

すべての根源には弟という異質な存在の出現があった。

とにかく私は、弟が憎くて憎くてたまらなかった。幼少期の記憶にあるのは、母から与えられた虐待と、弟への強烈な憎悪だ。やり場のない感情の風船は、最初は小さかったが日に日にふくれ上がっていく。今思うと、その中身は、ただただ「私を見て」という悲しみに満ち満ちていた気がする。そのひたむきで真っ黒な感情を、どうしようもなく制御できなくなっていた。

弟が邪魔で仕方がなかった。母の愛を独占し、周囲から愛《め》でられ加護される、この小さな生き物さえいなければ、母が私を見てくれるのではないか――。そんな思いは日に日に強くなっていくばかりだった。

あの日は、今でも忘れられない。それは、ひもじい思いの詰まった風船が「パチン」と弾けた瞬間だった。

母が買い物で外出した午後のこと――。気がついたら私は、ゆりかごの中でスヤスヤと寝息を立てている弟の首に、手をかけていたのだ。

じわじわと私は弟の首を絞めあげていく。

「びええええん！」

弟の顔は徐々に赤らんでいき、尋常ではない声で泣き叫びはじめた。苦しみのあまり、弟の泣き声は極限へと高まっていく。

「どうしたの？　何があったの？　こんなに泣いちゃって。かわいそうに」

数分くらいの時間が流れただろうか。隣に住むおばちゃんの声で、私は我に返った。おばちゃんは縁側からヒョイとうちの居間に上がると、弟を布団から抱き上げてあやし出した。私は、とっさにそ知らぬふりをした。

「だって突然、泣きはじめたんだもん！」

そんなことを言った気がする。

「おぉ、よしよし。かわいそうに。お母さんはどうしたの？」

「買い物に行った」

私はぶっきらぼうに答えて、踵《きびす》を返した。

優しく抱き上げられる弟が、私はやっぱり憎らしかった。あのまま首を絞め続けていればよかった、とすら思った。そうすれば、この不愉快な生き物はこの世界からいなくなるのだろうか。あわよくば何事もなかったように消えてほしい。それが私の心に湧き上がる嘘偽りのない正直な感情だったと思う。

いつだって、誰かの温かな手の中に収まる弟。それに比べて私は、つねに手を振りほどかれる待遇に甘んじていなければならなかった。本当は母に甘えたいのに、私は、いつしか手を差し出すことすらためらうようになった。

この殺人未遂ともいえる事件、いやれっきとした殺人未遂事件を、弟はまったく覚えていないだろうし、生涯をとおして、私だけの秘密として墓場に持っていくと心に決めていた。

それでもこうして文章にしているのは、親のネグレクトがここまで子どもを追い詰めるという恐ろしい現実を、できるだけ多くの人に知ってほしいからだ。弟には申し訳ない気持ちで、あのときのことを謝りたいと思っている。

もしおばちゃんが弟の泣き声に気づかず、そのまま私の凶行が止まらなくなり、弟が重い傷を負ったり、死んでいたらと思うと胸がつぶれそうになる。少しでも首を絞める力が強ければ、弟は今この世にいないかもしれない。

当時の私は、善悪や命の重みを今のように客観的に捉えられる年ではなく、幼過ぎた。だからこそ、感情のおもむくままに弟に手をかけたし、それが悪いことだとすら思わなかった。それほどまでに、母の愛を渇望してやまなかったからだ。そして、幸いなことになんとか弟を殺《あや》めずに済んだから、今の私がある。

それを考えると、あのときの私は、いや私たち一家は、いつ崩壊するともしれない危ういバランスの中にいて、生きるか死ぬかの瀬戸際にあったのだ。

逃げ場のなかった母

私は、小学校教師で公務員の父と、専業主婦の母の間に第一子として生まれた。母の前職は元中学校の教師で、いわゆる聖職者一家である。傍《はた》から見ると、ごくごく一般的な中流家庭だったと思う。両親はポスト団塊世代、いわばしらけ世代にあたる。

両親は共に地方から大学進学のために上京して知り合って、恋愛結婚した。その後、父の実家の近くの福島県に引っ越した。

そんな両親にとってのバイブルは長渕剛の「とんぼ」だった。両親にとって東京は「死にたいくらいに憧れた、花の都」であり、青春の象徴だった。両親は、戦後民主主義の洗礼をもろに受けた世代であり、何よりも自由を重んじ、因習のようなものを軽蔑していた。

そんな母にとっての自慢は、父が当時は珍しい大学院卒であること、そして父と大恋愛の末、結婚したことだ。母は特に恋愛結婚にただならぬステータスを感じていた。母はことあるごとに「お見合い」婚をバカにしていた。母によると、「お見合い」は古臭く進歩的ではない、らしい。

大嫌いな田舎を飛び出し、「進歩的な」大恋愛の末、結婚をした母は順風満帆――なはずだった。しかし考えてみれば、両親の結婚生活はすでに私が物心ついたときから、ほころびが見えはじめていたのだと思う。

私は幼いときから、頻繁に両親の怒鳴り声を耳にしていた。布団に入ってうとうとしているとき、食事のとき、両親が激しく言い争う声が聞こえてくる。食事中にスプーンや箸などが飛んできたり、文字どおりドラマのように、ちゃぶ台が引っくり返ることもあった。母は父と言い争いをすると、よく泣きながら素足で家を飛び出していった。しかし、そうやっていざ家を飛び出しても、母が帰る場所はどこにもない。ここは遠い異郷の地だからだ。

母の実家の九州から東北までの道のりは、ただただ遠かった。母が実家に帰るにも、当時はまだＬＣＣ（格安航空会社）もなく飛行機は高級な乗り物だった。そのため、母が実家に帰れるのは数年に一度だけ。母に逃げ場はどこにもないのだ。だから母にとって結婚生活は囚われの身だったのだろう。

父と喧嘩して数時間が経つと、母はよくふらついた足どりで、トボトボと帰途についた。その目は真っ赤に充血していて、私をおびえさせた。そして母は足についた砂を払い落として、部屋中に飛び散った惨劇のあとを、たった一人で片づけていた。

父は書斎にこもり、そんな母を見て見ぬふりをした。

そんなことが本当に幾度となくあった。

両親の結婚生活が早い段階で立ちゆかなくなっていたのは明らかだった。それでも当時は、離婚は今ほどカジュアルではなかったし、世間体という縛りがずっと強かった。

しかも、母は「進歩的な」恋愛結婚を自ら選択した身だ。母にとって結婚生活は、どんなにつらくとも絶対に続けなければならないものだったのだ。負けん気の強い母に、離婚という二文字はなかった。

だからこそ、「私」は母の格好のストレスのはけ口になった。そして、何よりも私という存在が、母をこの地獄のような家庭生活に縛りつける「お荷物」であったからだと思う。

教育虐待

教育虐待という言葉がある。近年メディアを通じて知られるようになった言葉だ。

私は肉体的虐待だけではなく、母にこの教育虐待も受けていた。大人になった現在も、ふとした瞬間、胸がキリキリと痛むことがある。そして、苦しくなる。それは母と子の成功譚を何気なく見聞きしたときだ。

たとえばスマホをいじっていたり、偶然入った定食屋のテレビに目をやった際に、親の支援を受けて東大合格を勝ち取った子や、英才教育ののちに天才音楽家、天才子役となった子たちの姿が報じられると、いつも軽いめまいを覚えずにはいられなかった。

「成功者」の隣には、たいてい母がいる。母と子、二人三脚でつかみとった成功、そして華々しい成功までの物語――。彼らのツーショットのあふれんばかりのまばゆい笑顔に、私の心は大人になっても引き裂かれそうになる。

彼らと比べて、何者にもなれない私、なれなかった私の無力さを、ひしひしと突きつけられるからだ。母の期待に応えられなかった自分が、どうしようもなく情けなくなって、その場に崩れ落ちそうになってしまうからだ。

私は物心ついたときから、ピアノの前に座らされていた、らしい。らしい、というのは、三歳の頃の記憶があやふやだからだ。ただ物心つくと目の前に、いつも黒と白の鍵盤があった。

「うちの娘は、三歳からピアノを習わせているの」

それは、母の自慢の種だった。そして、いつも私の隣には、ワンピース姿のピアノの先生がいた——。肩まであるウェーブのかかった長い髪は、よく鍵盤の上に垂れかかってきて、甘い石鹸の香りがしたことも覚えている。幸いなことにピアノの先生は、とても優しかった。だから、私はピアノ教室に行くのは好きだった。

しかし家に帰ると、一転した。

居間に置かれたエレクトーン。私は、自宅に帰ってくると母の指示どおり、そこに毎日何時間と座らされた。ピアノ教室で習った曲の復習をするのが日課になっていたからだ。

私の横に座る母は、軍隊の鬼教官のように鍵盤に目を光らせ、右手には長い定規を持っていた。そして一音程でも外すと、「違うでしょ！」と、太ももに定規が容赦なくピシャりと飛んでくる。太ももに感じるひりつく痛み。鈍痛。いつ定規が飛んでくるのか、怖くてしかたなくて、エレクトーンの時間、私はつねにビクビクしていた。しかし、間違えまいとすればするほど、焦って音程を外してしまう。

数え切れないほどに叩かれた私の太ももは、いつしか赤くなり、腫れあがっていた。

それほどまでに、習い事への母の執着は恐るべきものがあった。思えば、母はいろいろなものを羨み、そして、憎悪していた。街を歩いていて仲むつまじい若いカップルとすれ違えば、軽蔑した眼差しを送っていたし、自分よりも身なりのいい家族にも、すさまじい嫉妬の感情を燃やしていた。

母は自分の満たされない境遇だけでなく、世の中のすべてを憎んでいたのだ。そんな憎悪こそが、スパルタ教育に拍車をかけたのだと思う。

私の家の目と鼻の先に、誰もが目を引くお金持ちの邸宅があった。その家の奥さんは表面上、母のママ友だった。彼女は立派な家の出身のご令嬢で、しかも美人で気品があった。その娘もとびっきりに可愛かった。私は歳が近いこともあって、よくその娘と遊んでいた。

その子はキリスト教系の私立幼稚園に通い、バイオリンを習っていた。母はうわべは仲よくしていたが、母が彼女に対して羨望と嫉妬を感じていたのは明らかだった。

しかし当然ながら、地方公務員の父の給料では、彼女たちのような高い教育水準を受けさせるのは難しい。それが母にとっては、激しいジレンマだったのだろう。

母はことあるごとに、この一家のことを引き合いに出した。そして彼女の子どもたちを、追い越せ追い抜けとハッパをかけた。私は母からの愛情が欲しかった。心の底から渇望していた。だから、必死になって母に言われるままにピアノのレッスンに励んだ。何度も何度も母に叩かれても、ピアノに打ち込んだ。すべては母のためだった。それは今思うと、洗脳に限りなく近かった。

その当時、母はどこにも行き場のないエネルギーのマグマを抱え、煮えたぎらせていた気がする。崩壊した家庭から目を逸らすために——。そして、最終的には自分自身が世の中の脚光を一身に浴びたかったのだと思う。

そして母は、この世の中に大きな「打ち上げ花火」を上げて、一発逆転したかったのだ。テレビや雑誌に取り上げられる華やかな親子のように。私は、まさにその花火だった。

幼稚園から小学校にかけて、私は母からピアノの猛特訓を受け続けた。それはまさに教育虐待そのものだった。しかしそんな日常も、私にとってはもはやルーティーンで、それが「普通」だと信じて疑わなかった。私の体が大きくなるにつれて、母の教育虐待には、どんどん熱が入っていった。

母の故郷への引っ越し

そんな私たち一家に大きな変化があったのは、小学二年のときだ。

私たちは突然、福島から引っ越すことになった。引っ越し先は母の実家のある宮崎だった。念願のマイホームを宮崎に購入したのが大きな理由だったが、今思うと、それはただの名目だった。父との家庭生活に限界を感じていた母は、祖父母の住む故郷に戻りたいという強い願望があった。それだけが、この荒廃した結婚生活を打開する唯一の手段だったからだ。

母は祖父母に幾度となく泣きついた。祖父母は、父の宮崎での転職先と自宅を探し回り、父を電話で粘り強く説得した。

新婚生活もつかの間、母との喧嘩が絶えなくなっていた父も、どこか負い目があったのだろう。そして私たち一家は、父の実家の福島から、母の地元の宮崎へと転居した。

宮崎市内――、大きな山を切り開いたところにある新興住宅地、区画整理されどこも同じような家々が並ぶニュータウン。地方都市によくある、公団が開発した大規模宅地である。その一角にたたずむ新築の戸建てが、私たちの新居だった。母の実家からは車で一時間ほどの距離にある。

その何の変哲もない住宅地は、子どもにとって出口のない監獄のような土地だった。

福島の借家のときは、学校の途中に行きつけの駄菓子屋があった。そこにはおばちゃんがいて、何も買わなくてもいつも子どもたちを笑顔で迎えてくれた。また、地域の住民たちとも頻繁な交流があった。顔の見えるつながりがあったのだ。弟が泣けば、この声を聞いた誰かがすぐに駆けつけるくらいの関係性がまだ残っていた。

しかし、私が移り住んだその新興住宅地には、そんな人間関係が驚くほど希薄だった。周囲の住民たちは、いわゆる中間層から上層の人々だ。彼らは個人主義で他人と深くかかわろうとはしない。そのため、他人の家庭のことは我関せずの姿勢を貫いていた。

歩けども歩けども、代わり映えのしない同じ規格の家が立ち並ぶ住宅街。近くには、公園と小さなスーパーがあるだけ。福島にあった駄菓子屋も、飲み屋も一軒もない。車がないとどこにも行けず、夜にはどんよりとした静寂があたりを支配する。そんな広大なベッドタウンは、子ども心にどこか不気味に映ったものだ。子どもにとって、ガス抜きできる場があまりにも少ないのだ。

母は町内会などの地域コミュニティを前時代的な遺物として、激しく嫌っていた。だから私は宮崎に引っ越してからというもの、子ども会に入会することもなく、地域の子どもたちの交流の場とも言えるお祭りや行事にも参加できなかった。

その半面、周囲の住民たちの教育レベルは、異様に高かった。近所には豪邸も多かった。そこには福島時代にはあまり見たことのない医者や大学教授といった、社会的ステータスの高い階層の人間がたくさん住んでいた。彼らに影響されるかたちで、母の教育熱はさらにエスカレートしていったと言っていい。

私は、宮崎に引っ越してからというもの、猛勉強させられるのが日課になった。

そして、母の命令によって休みなく習い事に通わされるようになった。福島にいたときはピアノと習字ぐらいだったが、それらに加えて、水泳、織物教室、英会話教室、そろばん教室などなど、どんどん増えていった。学校から帰ってくると息つく暇もなく、小刻みのスケジュールであらゆる習い事と勉強が待っている。そして休みの日には、母がつきっきりで朝から晩までみっちりと自宅学習するのだ。私は習い事と猛勉強でヘトヘトだった。

私は、本当は塾に通いたかった。塾に通っている子から聞く話は、すごく楽しそうだった。塾の先生がしてくれたおもしろい話や、帰りに缶ジュースを飲みながら道草することなど、嬉しそうにしゃべっていたからだ。

それは考えてみると、あの息が詰まるような何もない新興住宅地で唯一、塾という存在が子どもたちの貴重な緩衝材になっていたからかもしれない。

私は塾通いを何度も訴えたが、両親は頑なに拒否した。学校教師である父親と、元中学校教師の母にとって、わが子の勉強は自分たちが教えるもので、お金を払って外に習いに行くものではなかったのだ。「ウチの子は塾に通う必要はない」と冷ややかだった。だから、私が塾に通うことは許されなかった。

地方の勝ち組が目指すのは県内屈指の進学校である。特に、私の住む団地の近くにはエリートが通う西高校があった。ここは、県内でも東大進学者を多く輩出している有名校でもある。

母は、私をこの高校にどうしても入れたかったらしい。

私もゆくゆくはこの公立高校への進学を目標にして、勉強をすることになった。私は、勉強はそこそこできたほうだが、転校してから上には上がいることを知った。上層の人間は教育に対しては、金にまったく糸目をつけない。地方の医者や大学教授の子たちは、幼少期から専任の家庭教師がつきっきりで勉強をみてもらっていることが多い。幼少期から英才教育を受けた彼らは、全教科においてつねに完璧な点数を叩き出していた。私は、その姿に驚愕した。福島に住んでいたときは、勉強では割と上位のほうに位置していたからだ。

しかし、彼らの前にはただただ完敗で、ひれ伏すしかなかった。私は彼らと違って苦手科目がある。国語や社会は得意だったが、算数や理科の理数系は極端に弱かった。両親と共にいくら寝る間を削って猛勉強しても、苦手科目の克服はどうしても難しかったのだ。勉強に対して深い挫折を感じたのは、このときである。私は自分の能力の限界を感じると共に、母の期待に応えられない自分自身に激しく絶望した。

そしてその感覚は、身震いするほどに私をどん底に突き落とし、苦しめた。それは、母に貢献しなければならないという思いが、自分の使命だと信じて疑わなかったからだ。

宮崎に帰ってからの母は、私にさらなるプレッシャーをかけ続けた。それはひとえに、祖父母との距離がぐんと近くなったことが大きい気がする。

母は毎週のように私を連れて車を走らせ、祖父母の住む実家に帰るようになった。そのときに、必ず持って行かれたのが、一〇〇点満点のテスト用紙や通知表だった――。

「これ、おばあちゃんに見てもらおうね」

私がテストでいい点数を取れると、母は上機嫌で鼻歌を歌いながら車を運転した。

母が祖父母に自慢できるネタを欲しているのを、私は痛いほどにわかっていた。それは私が母の承認を欲したように、母が祖父母の承認、いや、愛を切実に欲していたからではなかったか。我が子である私は、母の打ち上げ花火であり、母の分身でもある。母は私という自分の分身を通じて、祖父母に自分が価値のある存在であると、認めてもらいたかったのだと思う。

では、なぜそれほどまでに、母が祖父母の承認を欲してやまなかったのか――。それは、のちほど詳しく記したい。

母の「トクベツ」になれた日

とにかく当時の私は宮崎に引っ越してからというもの、そんな母に翻弄され、目まぐるしい日々を送っていた。

しかし、ある日、そんな私に大きな転機が訪れる。それは学校から届いた何かの作文コンクールの応募用紙だった。その用紙を目にした母に言われるがまま、私はそれに応募することになったのだ。

「お母さんの言うとおりに書きなさい。そのまま書けばいいからね」

記憶があやふやなのだが、はっきりと覚えているのは、眠い目をこすりながら夜中まで、母の言うままに四〇〇字詰め原稿用紙に鉛筆を走らせたことだ。

真っ暗闇の中、煌々《こうこう》と灯ったオレンジ色の電灯の光が、私の瞼《まぶた》に今も焼きついている。眠くて記憶がなくなっていたが、朝起きると原稿用紙にはしっかりと文章ができていた。それは、母がほぼ書き上げたといっても過言ではなかった。

母は結婚する前までは国語教師で、特に作文指導が得意だった。

私はその作文コンクールで大賞を取り、全校児童の前で表彰された。家に帰ってそれを告げると、母は飛び上がって私を抱きしめた。断っておくが、その文章の八割近くは母が考えたものだ。だから今思うと、この行為は何とも後ろめたい思いでいっぱいである。

しかし実際のところ、当時の私には罪悪感なんて微塵《みじん》もなかった。だって、あの母が喜んでいるのだから。それはイコール母が認められたことに等しかった。むしろ母がつくった文章であることが、母と私が一体になれた気がして、無性に嬉しかった。

そのとき、母は「これだ！」と思ったに違いない。世の中を見返すときがやってきたのだ。文才のある娘という、打ち上げ花火を使って――。

それからというもの、私は母に言われるままに原稿用紙に鉛筆を走らせた。そんな事情など知る由もない担任の先生も喜んで、私に全国規模の作文コンクールの情報を頻繁に持ってくるようになった。最初、その文章のほとんどは母が書いていた。そのうち文章のテクニックがつかめてくると、しだいに私が書いた文章を母が添削するだけになった。

そして、私は次々に作文コンクールに応募しては、総なめにしていった。大賞や最優秀賞を頻繁に取ることはさすがに難しかったが、佳作や優秀賞には引っかかるようになったのだ。

作文コンクールで入賞するたびに母は狂喜した。そして、私をこう鼓舞するのだった。

久美ちゃん、もっともっと、たくさん賞を取るの。そうして、お母さんを喜ばせて。そして、耳元でとっておきの一言を囁いた。

「久美子は、お母さんの血を引いているのね――」

その言葉は何よりも私を歓喜させた。そして、気が付くと目からは大粒の涙がこぼれ落ちていた。私は、お母さんの血を引いている――。私は母の「トクベツ」なのだ。ずっとずっと母に自分を見てほしかった。その母が今、私を見ている！ 私を見てくれている！　大事にしてくれている。私は、お母さんの身代わりになる。お母さんが生きられなかった人生を生きる。だから、お願い。私をもっと見て！

文章をうまく書けると、母に褒められる。そして母に褒められるためには、文章をもっともっとうまく書いて、いっぱい賞を取らなければならない。私はそう決意した。

考えてみれば、私はいつだって中途半端だった。

いろいろやった習い事も、どれ一つとして秀でたものはない。飛び抜けてスポーツの才能があるわけでもないし、習字を習っても一度として賞を取ることもなかった。それどころか勉強の世界では、どうやっても太刀打ちできないクラスメイトがうようよいることを思い知らされていた。

だけど文章の世界は違う。これは、私だけに与えられた才能なのだ。私の家の居間には見る見る間に、ピカピカの盾が並び、賞状が増え、額縁に入れても飾る場所がないほどになった。私が賞を取るたび、母は祖父母のみならず、ご近所のハイソなママ友たちに、私が「自慢の娘」であることを触れ回るようになっていった。

じつは、ときを同じくして弟も作文にチャレンジしたことがあった。しかし、その結果は無残なものだった。弟の作文は箸にも棒にもかからなかったのだ。同じきょうだいでも、弟は文章の才能はまったくなかった。そもそも、母を喜ばせようというモチベーションがないので、やる気がないのだ。私のようにがんばらなくても、弟は母から無条件に愛される存在だった。そう、生まれたときから——。

男の子というだけで無条件に愛される弟。弟と違って、私には条件付きの愛しか与えられなかった。だから私は、死に物狂いで、母の愛を勝ち取るしかなかった。だから一日一日が、私にとっては生死を懸けたサバイバルそのものだった。

もっと母に褒められたい

考えてみれば、幼稚園のとき、私は母の身体的虐待から生き延びることに精いっぱいだった。少しずつ体が大きくなったこともあり、命にかかわるような虐待は減っていった。それでも、私が生き延びる努力をしなければならない状況は何も変わらなかった。

私は必死だった。母にもっともっと褒められたい。がんばったね。偉いねと、頭を撫でてもらいたい、抱きしめてもらいたい。その一心でとにかく作文を書き、いろいろな賞に応募しまくった。書き続けることは子どもの私にとって、最後の命綱だったのだ。

私は、確かに普通の人よりも少しだけ文章の才能があったと思う。しかし、それは飛び抜けた才能ではなかった。だからこそ、そこには並々ならぬ努力が必要でもあった。

何百、何千の応募を勝ち抜き、母の寵愛を得るのは、けっして簡単ではないのだ。どれだけ時間をかけて書いた文章でも、あっさりと落選してしまっては意味がない。

打率は五割だった。しかも、小学生向けの作文コンクールは頻繁に開催されているわけではない。私は母の関心を、つねにつなぎ留めておかなければならないのだ。

私は焦っていた。

そんな折、朝刊に目を落としていた母が私に話しかけた。

「久美子は、それだけ文章がうまいんだから、新聞の投書欄に投稿してみたら?」

「えっ?」

母の言うことには、すべて従うしかなかった。

新聞の投書欄とは、読者が自分の主張・意見を人に理解してもらうために書いた文章を掲載するコーナーのことで、たいていどの新聞にも、この投書欄が設けられている。投書欄は、社会問題を論じたり、日常に起こったほっこりした体験を綴ったりとテーマは何でもよくて、一般人のミニエッセイのようなものである。

私は母の勧めで、作文コンクールと並行して、これらの新聞への投書をするようになった。作文コンクールと違って、基本的に新聞の投書欄は年中募集している。それがよかった。我が家は、とにかく新聞を大量にとっている家庭だった。母が、新聞を読む子は頭がよくなると信じていたせいだ。地元紙、朝日新聞、読売新聞、子ども向け新聞など、多いときには合計四紙もとっていた。我が家のポストは新聞紙でふくらんで破裂せんばかりだった。

私は毎日届く各新聞の投書欄を読み込み、どんな文章が求められているのか徹底的に「研究」し、その傾向と対策をひねり出した。大人が投書する内容と、子どもが投書する内容は少しだけ違う。

私は、子どもが投書欄に投稿するときの大まかな傾向をつかんだ。そして大切なのは、子どもっぽさや素朴さ、真っすぐさだということに気づいた。特に最近の社会問題や学校生活の矛盾を取り上げて、あくまでピュアな子どもの視点で論じることがウケると理解した。

私は、特に子どもっぽさをわざと演出した文章を意識して投書を続けた。私は子どもである自分に何が求められているのか、わかっていたのだ。今考えると、かなり小利口《こりこう》な子どもだった、と思う。

いや、小利口というより、とにかくいつだって私は、自分が生き延びるために必死だったのだ。

しかしいくら研究を重ねても、そう簡単に新聞掲載されるわけはない。特に朝日新聞や読売新聞は倍率が高い。だから、いくら応募しても掲載されないこともあった。

だが、それでも地元紙の場合はチャンスがあった。しかも、地元紙は近所の住人たちが購読している確率が高く、母にとってはある意味、全国紙よりもネームバリューを持っていた。

その目論見と効果はてきめんで、私が投稿した文章は、次々と新聞掲載を果たしていった。

ダイニングテーブルに置かれた小さなライトの下、私は無我夢中で寝る間も惜しんで原稿用紙に向き合っていた。母はそんな私を見ると、「がんばってるわね」と猫なで声をかけ、うっとりとした表情を浮かべた。さらに機嫌がよければ、お手製のココアを入れてくれたりした。そんな私に休みはなかった。

土日は溜まった新聞を隅から隅まで読み込んだ。今、社会でどんなことが起こっているのか、そしてそれに対してどう思うか。自分なりのロジックを組み立てるためだ。いわば、ネタの収集をしなければならないからだが、ほかの小学生たちが投稿した文章も大いに参考にした。彼らは私のライバルだった。

学校での作文コンクール、企業が主催するコンクール。新聞投書――。

私は母の期待を一身に背負っていた。すべては母を喜ばせるため、すべては母の注目を集めるため。それ以外に私に生きる意味なんて、どこにもなかった。

母と私のつながりの証し

当時、早期教育ブームは真っ盛りで過熱する一方だった。かねてからスポーツ英才児や子役タレントがテレビや雑誌などのメディアを華々しく彩っていたが、その時々によってトレンドは変化する。

私が文章を書きはじめた時期とときを同じくして、巷では天才童話作家がもてはやされていた。

それは、『天才えりちゃん　金魚を食べた』を書いた弱冠六歳の竹下龍之介君だ。

龍之介君は、まさに私が小学生だった九〇年代の初頭、時代の寵児だった。龍之介君は二歳から文字を読みはじめ、三歳から日記をつけ、五歳から物語を書きはじめたらしい。そして妹を主人公とした「天才えりちゃん」シリーズで大ブレイクした。

一九九一年には第八回福島正実記念SF童話大賞を受賞してベストセラーとなり、一九九七年にアニメ映画化された。龍之介君は、母が憧れる早期教育ブームにうってつけの存在だったのだ。母はテレビか雑誌かで、この竹下龍之介君の存在を知るやいなや、にわかに興奮し、色めき立った。

いわずもがな天才童話作家は、「その母」も一躍注目を集めていた。うちの本棚には「天才えりちゃん」シリーズはもちろんのこと、その龍之介君を育てた母親の子育て本がしっかりと並んでいた。そして、母はそれを幾度となく読み返していた。天才童話作家の「母」は、その早期教育の教育法などが注目され、メディアにもひっきりなしに出演していたからだ。

子どもが有名になるということは、その母も自然と脚光を浴びることになる。母は、きっとそう確信したことだろう。それは母がかねてから望んでいた、自分自身がスポットライトを浴びるということにほかならない。

この頃から母は新聞投書や作文コンクールでは飽き足らず、私に毎月、「公募ガイド」を買い与えるようになっていた。

公募ガイドとは、賞やコンクールなどの公募情報を集めた雑誌のことである。ズシンと重いその雑誌には、エッセイや小説、ノンフィクションなどさまざまな賞の公募リストが掲載されている。天才童話作家のような存在に子どもを仕立てるには、大人向けの賞に応募してその選考を勝ち抜かなければならない。母は、おそらくそう考えたのだろう。それは小学生を対象にした作文コンクールとは比較にならないほど超難関なのだが、母は一人で舞い上がっていた。

「あんたも、龍之介くんみたいになるのよ！　だってあんたには、お母さんから譲り受けた文章の才能があるんだから！」

母は、事あるごとに私にそう言ってハッパをかけた。母の期待がいかに熱いか、私は嫌というほど思い知らされた。それが大きなプレッシャーだったのは事実だ。

その一方で、私はこの母の言葉が正直嬉しかった。経済学部卒で理数系の父は、文章はてんでダメだった。しかし、国語教師だった母は、幼少期から文章がうまかった。

文章は、母から授かった才能。母と私のつながりの証し。これは弟にも父にもない、唯一無二の才能なのだ。私は「母のトクベツな存在」であることに喜びを感じていた。愛に飢えていた私にとって、それが唯一のアイデンティティだったからだ。条件付きの愛でも、私は母に愛されたかった。そのためには、どんなことでもしようと心に決めていた。

母は、周囲に自慢できる材料を切実に欲していた。私は母の格好の打ち上げ花火であり、手ごまだった。

私の投稿した文章が新聞に載ると、母は隣近所にその新聞を持って触れ回り、そしてその週は必ず車を走らせて、ルンルン気分で祖父母の実家へと向かった。娘の手柄は自分の手柄なのだ。

祖父母に褒められる私の姿を見ている母は、とても誇らしげで満足そうだった。まるで自分自身が褒められているかのように満面の笑みがこぼれていたのを、私は今も忘れることができない。私は、この母の笑顔を追い求めていたのだ。

母が狙っていたのは、いつだって一発逆転という打ち上げ花火だ。母にとって希望に満ちていた結婚生活は地獄に変わった。理不尽な専業主婦に甘んじていた自分――、しかし、そこから一発逆転する姿を夢想していたに違いない。九回裏の逆転ホームラン。それが母が長らく夢見てきたシンデレラストーリーだったのだと思う。

しかし、私と龍之介くんが決定的に違ったのは、残念ながら私は母の望んだ「天才」ではなかったことだ。私は、文章が少しだけ人よりうまいだけの、ただの平凡な小学生に過ぎなかった。

それを立証するかのように、大人向けの賞に私がいくら応募しても、よくて佳作どまり。そのため、作文コンクールのようにはうまくいかなかった。

ちょうどその頃、宮崎の地方紙である宮崎日日新聞に「童話の部屋」というコーナーがあることを知った。「童話の部屋」は、一般の人から公募で自作の童話を募り、選考で選ばれればイラスト付きで掲載されるミニコーナーだ。文字数の限られる投書欄と違って「童話の部屋」はとりわけ紙面でもその取り扱いが大きかった。私は母の勧めもあってこの「童話の部屋」にチャレンジすることになった。

「童話の部屋」に、はじめて掲載されたのは小学六年のときだった。

「久美子が新聞に載ってるぞ！」

朝、寝ぼけ眼で顔を洗っていたら、ひときわ大きな声で、父が私を呼んだ。父が開いている新聞の文化面の「童話の部屋」には、確かに「菅野久美子　小学六年生」という太文字が並んでいる。私は、ガッツポーズをした。

当時、「童話の部屋」は、大人たちの独壇場だった。この紙面をつくった記者は、およそ子どもから応募があるとは想定していなかったはずだ。だから私の原稿が選考を勝ち抜き掲載されたのは、原稿がほかに比べて秀でていたからではなく、物珍しさという面が大きかったと思う。しかし、そんなことは私は十分承知していた。

とにかく、私は「童話の部屋」でデビューを果たした。そのときの母は、これまでにもなく喜び勇んでいたと思う。母は親戚や近所の人たちに次から次に電話をかけまくって、興奮気味にすべての人たちに同じことを電話口でまくし立てていた。

「今日の宮日にうちの久美子が出てるから、見て！　すごいでしょ！」

日本中が注目する「天才童話作家」にはほど遠かったが、私は母の自尊心を満たすことはできたようだ。

天才のふりをしたピエロ

それからも私は「童話の部屋」や各新聞の投書欄、そして作文コンクールにも応募を続けた。そうして高確率で、紙面に掲載されたり入賞したりした。打率は着実に上がっていったのだ。

しかし、そんな日々がルーティーンとなるうちに、いつしか私は強迫的なほどにのめり込み、追い詰められていった。

「明日の朝、新聞に載っているだろうか」

そう考えると、ドキドキして眠れなくなるのだ。

そして新聞配達の音がやたら気になって仕方なかった。誰もが寝静まっている真っ暗な早朝、ガチャンと新聞がポストに投函される音を聞くと、ハッと目が覚めてしまう。ベッドから急ぎ足で駆け出し、ポストから一目散に新聞を取り出すと、まず「投書欄」と「童話の部屋」に目を通すようになった。

そこに自分の名前を見つけると嬉しくて、母を起こしに行った。逆に原稿がどこにも掲載されていないことがわかると、立ち直れないほどに気落ちした。そして、そんな自分を奮い立たせ、何がダメだったのか懸命に分析を重ねた。とはいえ、そんな日々もある意味エキサイティングではあった。母の関心は、弟から「天才」かもしれない私へと移りつつあったからだ。私は、そうやって懸命に母の関心を引き続け「天才」のふりを続けた。

原稿ができると、いつも母と一緒に車に乗って郵便局に切手を買いに行った。そして、帰りのスーパーで好きなお菓子を買ってもらった。私はそのドライブが好きだった。「どうか載りますように」と祈りながら、封筒の封を糊で閉じる。そうして近所のポストに投函するのだ。

およそ普通の小学生とはほど遠い生活には違いなかった。

同世代の話題についていけない私は、学校で浮いた末、いじめの対象になった。だけど私はそれでもよかった。そう、私の生きる世界は新聞の中だけだった。四〇〇字詰め原稿用紙のマス目の中に生きていた。

その頃、私と違って弟は、ごく普通の無邪気な男の子に成長していた。日々、友だちと野球やサッカーに明け暮れて肌を黄金色に焼いていた。その姿が、ときに眩しく見えたこともある。私は、学校と習い事に行く以外は家にこもり、宿題を済ませるとひたすら原稿用紙と向き合っていた。

そうやって、私の一風変わった小学生時代は過ぎていった。

弟のように普通の子どもとして生きられたら、どんなに幸せだったろうと思う。または同級生の女の子のように、好きなアイドルの話や好きな男の子の話などをしていられたら――。

だけど、そのときの私には、母しか見えていなかった。母は私以上に苦しみ、そして何かを諦めてきたのだと母に叩き込まれた。そう、私たちのために――。

しかし、私にはたくさんの武器がある。まだ長い人生が待っているという武器、そして子どもという武器。だから私は母がなれなかった人生を歩まなければならない。母が望んだ私にならなければならない。それが私に与えられた使命なのだ。このときの私は、母の人生と過剰なほどに自己同一化していたと思う。

しばらくは順調だった。私の原稿が幾度となく、この「童話の部屋」に掲載されたからだ。

しかしある日、とんでもないことが起こってしまう。それは突然のことだった。いつものように、「童話の部屋」を開くとなんと小学四年生の子どもの作品が掲載されていたのだ。母の顔は曇り、途端に不機嫌になった。私は焦りで頭の中が真っ白になった。

私は当然ながら、「天才」なんかではない。必死に「天才」の真似をしているピエロなのだ。私の武器は、ただ一つ、「子ども」であること、そして、人より文章がうまいこと。たったそれだけ。平凡な私には、「子ども」であること以外には強みがないことは痛いほどによくわかっていた。幼さは、世間さえも動かす強力な武器なのだ。

それからというもの、「童話の部屋」には「どこかの小学四年生」が頻繁に掲載されるようになっていった。

全身の力が抜けて、いったいどうしたらいいのか、わからなくなった。母の失望の眼差しは、暗にお前は不要だと告げている。そんな母の視線が怖くて、パニックになる。私はいらない子どもなんかじゃない――。絶対、そんな子なんかじゃない――。自分で自分に言い聞かせ、己を奮い立たせた。そして、これまで以上にさまざまな媒体に応募を重ねていった。

私はいつだって自分の中の少女を抹殺し、愛すべき母のために、死に物狂いで奔走してきた。母の期待に応えられない私は、存在価値なんかなかった。生きている意味なんてないのだから。

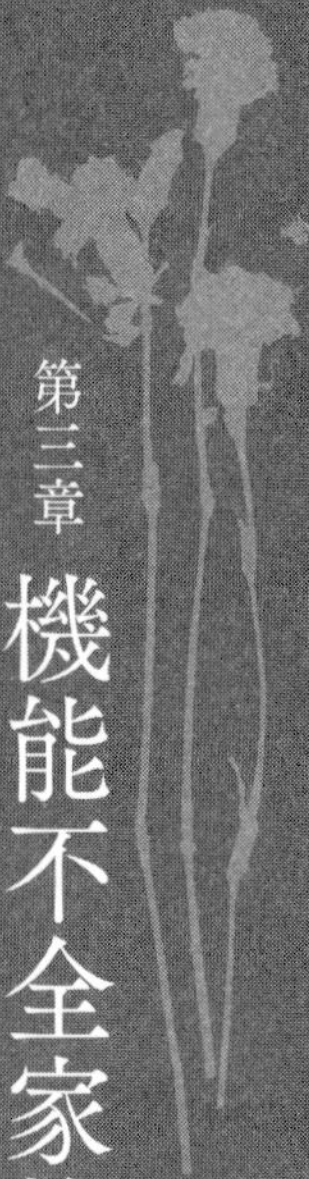

第三章 機能不全家族

台風の夜のドライブ

一九九三年に発売されたフリーライターの鶴見済《わたる》さんのベストセラー、『完全自殺マニュアル』に、今でもけっして忘れられない一文がある。

それはマニュアルの中身ではなく前書きにある。鶴見済さんは、八〇年代末に世界の終わりブームがあったという。その中で、漫画家のしりあがり寿さんの著書である『夜明ケ』の中の「ボクはいつだってデカい一発を待っていた」という言葉を引用している。しかし、待てど暮らせど「デカい一発」は来なかった。世界は終わらなかったので〝あのこと〟をやってしまうしかないのだと書いている。

私は、この「デカい一発」という言葉に衝撃を受けた。この言葉が、頭に焼きついて離れなかった。

振り返ると、両親はこの「デカい一発」を今か今かと待ち望んでいたのではないか、と感じるからだ。そう、私たち一家を根底から揺るがす何かを――。

宮崎には台風が頻繁にやってくる。両親は台風や大雨の日になると、なぜだか浮き足立ち、テンションが異様に高くなり、興奮を露わにした。それは今振り返ると、私たち一家に「デカい一発」が、やってくるかもしれないという期待があったからだと思う。

宮崎に大淀川という大きな川がある。大淀川はよく氾濫して、周辺の家は浸水の被害に見舞われていた。

台風がくると我が家は、家族全員がテレビにかじりついた。そして大雨警報、台風情報がひっきりなしに流れるテレビ画面に釘付けになる。ニュースキャスターが、「土砂崩れに注意してください。家から出ないでください」と、お決まりの文句を深刻な顔で読み上げる。事態が深刻になればなるほど母の目は輝き、光を帯びていくのを私は見逃さなかった。雨脚がさらに強まると、「さぁ、見に行くか」と、父が母に声をかける。

パジャマ姿の私は眠い目をこすり、横殴りの激しい雨に打ちつけられながら、車庫に停めてあるシルバーのオデッセイに乗り込む。母と弟がそれに続く。

外はシンと静まり返っている。誰もが雨戸を閉めて家にこもりっきりだからだろう。すさまじい風雨の中、父がエンジンをかけ、私たちの車は静かに車庫から出る。

災害が起これば、深夜でも父の運転で被災地をドライブする――。それは我が家の恒例の行事だった。

父が在宅している時間は平日の夜が多かった。土日は仕事で家を留守にすることもあったし、ゴルフや釣りなどで不在のことも多かった。だから、この深夜のドライブが印象に残っているのだろう。

台風の日は「トクベツ」だった。

宿題も勉強も、そのときだけは中断が許された。私たち一家を乗せた車は市内の真っ暗な道をただ走り、新興住宅地の坂を下界に向かって降りていった。それは一種の狂気をはらんだ真夜中のドライブのはじまりだった。

私はひたすら雨が打ちつける窓越しに外を見ていた。浸水した家々を、そしてなすすべもなく戸惑う人々を――。私たちのオデッセイはそんな人々の横を、あえてスピードを落としながらゆっくりととおり過ぎていく。暗闇の中で赤と緑に点滅する信号機――。

私にはなぜだか、それがとてつもなく幻想的な風景に見えた。両親の高揚と機嫌のよさが伝わってきて、私は子ども心に無邪気に、嬉しくなっていた。

少しばかり水没した道路を駆け抜けると、タイヤが水をはねのけるジャバーという音がする。私は、このタイヤが水を切る瞬間が好きだった。それはテレビで見た水の中を走る水陸両用車みたいで、冒険っぽさがあった。

私たちはそうやって、坂下の街に目をこらしながら、街を一周した。今考えると台風の日は、私たち一家のつるつるとした日常を塗り替える、唯一の強烈なアドレナリンであった。そして、それはハレの日でもあったと思う。

幼い私にとっては、災害はただただ非日常の世界でもあった。それはいつもと違って夜にお出かけする日であり、特別なワクワク感があった。今でもあの瞬間を思い出すと、私は複雑な思いがよぎり身震いしてしまう。浸水した家々も、それに苦しむ人々も、両親にとっては車の窓の向こうのエンターテインメントに過ぎなかった。そして、その風景を無邪気に楽しんでいた子どもの自分を思うと、何とも言えない罪悪感が襲ってきて胸がしめつけられる。

ドライブの最後に父が車を停めるのは、決まって街を一望できる高台だった。

いつだったか私は、母に尋ねたことがある。

「お母さん、あの人たち、どうなるの？」

「床が水に浸かっちゃったから、お家がなくなったんだよ。うちは高台だから、安心だね」

そうして、母は信じられないような言葉を続けた。

あんなところに、家を買わなくてよかったね――。

それは、災害が起こるたびにつぶやく口癖だった。数え切れないほど台風の夜にドライブをしたが、母は必ずこの言葉を、何度も何度も呪文のように唱えていた。それはいつものドライブコースの終わりの決まり文句だった。そして、いつも楽しそうだった。父親も、鼻歌交じりのときすらあった。

車のカセットデッキからは、吉田拓郎の「結婚しようよ」が流れている。父親は、しつこいぐらい「結婚しようよ」のテープをリピート再生した。

両親はその曲を口ずさみ、リフレインする。結婚生活なんてとうの昔に破綻しているはずなのに、このときだけはまるで青春時代に戻ったかのように、二人は笑いあっている。

私には、それが子ども心に不思議で仕方なかった。

私たちはそうやって街を一周りして、我が家に戻るのだった。絶対に水が押し寄せることのない高台の我が家に——。夜中の一一時。そうした台風のドライブの日、帰宅すると両親はいつも機嫌がよくなり、私はといえば、車の振動が眠気を誘い、帰り道はウトウトとまどろんでいることが多かったっけ。

止まったエンジン音。そこには一般的な中流家庭が住む三〇〇〇万円の新築二階建てのマイホームがあった。

しかし、その家の地下ではすさまじい怨念が渦巻いていたのだという気がしてならない。それをなんとか鎮めるために、きっとこの台風の日の「儀式」は必要とされたのだ。昔見た映画では、洞窟には悪魔が潜んでいて、それが出てこないように、人々は定期的に儀式をして封じ込めていた。我が家には、きっとそれほどまでに、目に見えないドロドロとした何かが潜んでいたのだと思う。

だからこそ、私はあの台風の情景を思い返しながら、ひっかかるところがあることに気づいた。

それは、あんなところに家を買わなくてよかったね——、という母の言葉だ。

あの言葉は果たして母の、本心だったのだろうか。高台の家は、母にとって本当の幸せだったのだろうか。

父も母もこの世界が根底から壊れることを、内心では願っていたのではないだろうか。本当は浸水した世界が、心のどこかで羨ましかったのではないだろうか。

考えてみれば私が多感な思春期だった九〇年代、物騒な事件が頻繁に起こっていた。オウム真理教事件、阪神・淡路大震災、酒鬼薔薇聖斗事件——。そんな事件が起こるたびに、母は心なしか小躍りし、目を輝かせて興奮していたような気がする。

「どんどん人が死んでいくのよ」

母はニュースから片時も目を離さなかった。ここから連れ出してくれる何か。この庭付き一戸建てという退屈な牢獄から解き放ってくれる何か。テレビからその予兆のようなものを読み取ろうとしていたのかもしれない。

世界が、壊れてほしい——。私も母に感化されるかたちでいつしか、母と同じくその瞬間を待ち望むようになっていた。それほどまでに、私たちの現実は苦しく、爆発寸前の何かが地下で煮えたぎっていたのである。

だから、社会学者の宮台真司さんが九〇年代に唱えた「終わりなき日常」は、その内部に大きな狂気をはらんだまま続く地獄の別名でしかなかった。

人生が二度あれば

台風の日のドライブもそうだが、私たち一家は、やはりどこかちぐはぐで、おかしかった。父が休みの日は家族旅行でよく遠出した。周囲からは羨ましがられたが、それは一般に言う一家団欒《だんらん》の旅行という類いではなかったように思う。旅行に行く場所は、被災地が多かったからだ。

一九九一年に長崎県の雲仙《うんぜん》・普賢岳《ふげんだけ》で大規模な火砕流が発生し、四三人が死亡・行方不明となった。私たち一家は、宮崎からはるばる車を飛ばして、日帰りで長崎にある雲仙・普賢岳を訪ねた。

無残に広がる土石流の爪痕——。人々の日常が圧倒的な自然の力によって破壊されつくしたあとの、ゴロゴロとした瓦礫《がれき》で埋めつくされた被災地。巨大な暴力がすべてを根こそぎにしていた。しかし小学生の私は、それがどういうことなのか、まったく理解していなかった。そこはただの瓦礫の山にしか思えなかったのだ。

車で被害があった場所に到着すると、母は深刻な顔をしながらも、高揚を隠せず浮き足立ち、興奮しているのが伝わってきた。

それは今思うと、とてつもなくシュールな光景だった。

「ここにあった家も、全部一瞬で、流されたっちゃがね。かわいそうやっちゃがね」

母は、大げさに、しかしどこか他人ごとのようにそうつぶやいた。それは台風の「儀式」のときのテンションとまったく同じだった。母にとっては、その大災害も対岸の火事でしかなかったのだ。

私は、そんな母の姿を不思議な顔で見つめていた。大災害の跡地よりも、子ども心にそこでの関心は、路上で売っているアイスに目移りしていた。珍しくお菓子をねだる私を見て、母はこのとき、機嫌よくアイスを買ってくれた気がする。

私たちは帰りに温泉に入った。帰る頃にはあたりは真っ暗で、長い旅路に疲れ果てた私は、車の中で熟睡していた。

母はドライブのとき、たくさんのおやつを用意していた。それだけでなくトイレ休憩でコンビニに寄ると、このときだけは好きなお菓子を買ってくれた。

私たちは車の中で、たくさんのおやつをポリポリとかじりながら、窓ガラスの向こう側を流れてゆく悲惨な景色を見ていた。そんなとき、母の顔はいつもほころんでいた気がする。なぜ往復に数時間もかけて、両親はわざわざ被災地に行ったのだろうと思う。

大人になって振り返ってみると、もしかしたらその景色だけは、母や父に強烈なリアリティを突きつけたからなのではないだろうか。そう、私たちは生きている、というリアリティを。

そんな長時間におよぶドライブで印象的だったのは、車の中でいろいろな曲が流れていたことだ。それは両親にとっての思い出の曲だった。井上陽水、吉田拓郎、南こうせつ――。どれも両親の青春時代を象徴する歌手たちだった。

井上陽水は母のお気に入りだった。陽水の中でも、『人生が二度あれば』はよく耳にした。私たちはこの曲を繰り返し聞きながら、街や山を駆け抜けた。母がよく、ぼんやりとした眼差しで、「じ〜ん〜せいが、に〜どあ〜れば」と口ずさんでいたのを、私はいまだに覚えている。

私も、母につられて車の中で母と一緒によく「じ〜ん〜せいが、に〜どあ〜れば」と歌っていた。私が歌うと母はとたんに上機嫌になり、笑ってくれる。私は母の喜ぶ姿が見たくて、何度もわざとらしく歌声を車内に響かせた。

この井上陽水の『人生が二度あれば』は、仕事や子育てに追われる両親の人生を歌ったものだが、考えてみれば、母にとっては自らの境遇を映し出した歌詞だったのかもしれない。

母自身も、自分の人生が二度あれば、と切実に願っていたはずだからだ。公務員の妻、聖職者の妻という安定した地位と引き換えに失ったもの――。それは、終わりのない安泰と、ある種の退廃を意味していた。

まさしく、この世界の崩壊を誰よりも切実に待ち望んだのは、母自身ではなかったか。母は何を壊したいと思ったのだろう。それは、自分の人生そのものではなかったか。

ヒビの入ったガラスは、もう元には戻らない。母はきっと人生のすべてを憎み、恨み、そして自分の運命を呪っていたに違いない。この結婚は間違いだった、と。人生が二度あれば、と。だけど狂った歯車は止められない。

母は、そんな結婚生活から目を逸らすためにいろいろなモノにハマった。心霊話は、誰よりも好きだったし、後述する新興宗教にもハマり、お布施を重ねた。そして、この時期にもっとも傾倒していたのが、ノストラダムスの大予言だった。九〇年代末、ノストラダムスの大予言が話題になっていたからだ。

その頃、ワイドショーなどでは頻繁にノストラダムスの大予言の特集が組まれていた。母は、ノストラダムスの大予言に関する番組は、ほとんど網羅していたように思う。そして、ワイドショーにかじりつくようになっていた。ノストラダムスの番組を見ている母の目の瞳孔は開き、その画面に釘付けになっていた。

「久美子、ノストラダムスの大予言が当たれば、この家もぜ〜んぶ、なくなっちゃうかもしれないのよ。みんな、みんな死んじゃうかもしれない」

私は幾度となく、母からノストラダムスの大予言にまつわる話を聞かされた。

そして、そんな母の言葉を本気で信じ、この世界がすべてなくなるのだと悲観し、ときたま泣きじゃくった。しかし、そんな悲壮感あふれる私とは裏腹に、ノストラダムスの話をするときの母は、目が輝いていて嬉しそうだった。何よりも母は、それが起こることを信じたかったのだと思う。台風後の浸水した家々や街巡り、巨大な自然災害の被災地巡り、ノストラダムスの大予言、心霊特集――。この世界を塗り替えてしまうそんなデカい一発を、母は誰よりも心待ちにしていたのではないだろうか。

映画館で見たゴジラは、東京の街を一瞬でなぎ倒していく。そんなSFのような出来事をどこかで求めていたのだ。

ただ私は、私の一家だけが必ずしも特別だとは思わない。もしかしたらこの九〇年代、大なり小なり人々が生きづらさを感じ、「デカい一発」を求めていたのかもしれないとすら感じるからだ。

しかし残念ながら、母と私が望んだデカい一発はこなかった。待ち望んだノストラダムスの大予言の一九九九年の七の月には、何も起こらなかった。世界は崩壊しなかった。そして、九〇年代に世間を揺るがした大事件であるオウム真理教事件も阪神・淡路大震災も、結局のところ、九州在住の私たちにとっては、どこか遠い世界のことだった。

私たちの日常は、恐ろしいほどに何も変わらなかったのだ。そう、鶴見済さんが言ったように――。私たちの狂気をはらんだ日常は、山場のない昼ドラのようにただただ続いていた。
ただの巨大な入れ物でしかない新築のマイホームで、母はさらに壊れていき、私たちも大いに疲弊し、その内部崩壊は誰の目にもつかないまま、じわじわとエスカレートしていった。

新興宗教にハマった母

宗教二世という言葉が世間的に広く知れわたるようになったのは、二〇二二年七月に安倍晋三・元首相が山上徹也被告に襲撃され、旧統一教会が話題になった最近のことだと思う。私は山上徹也被告と同じく、宗教二世である。

母は長年にわたって、とある小さな新興宗教にのめり込んでいた。母がその新興宗教に入信したのは、私が物心ついてすぐだ。振り返ってみるとその原因としては、何より母が父と不仲であることが大きかった気がする。母が宗教にハマった理由、それは母が抱えていた寂しい心の隙間を埋めてくれたからなのだ。

とにかく幼少期の私は母に言われるまま、毎日のように家の小さな神棚に一心不乱に祈りを捧げていた。

その宗教の教えを簡単に説明すると、こうだ。宇宙にはすべてをつかさどる大きな神様がいる。それは宇宙の大本をつくった神だ。だから私たちはその神に、一心不乱に祈りを捧げなければいけない。

子どもにとって母の言うことは絶対なのだ。だから、疑うことは許されない。そうして私は毎日、神棚にお布施をさせられた。しかし、私たちが神に祈っていることは、父には内緒だった。

「お父さんには、このことは内緒。絶対に言っちゃだめ。あいつは、神様の話をすると不機嫌になるから」

私は母から口酸っぱく、そう言い聞かされた。父の前で、けっして宗教の話をしてはいけないし、父の前で祈ってはいけない。父が学校に出勤すると、「ようやくオヤジが出ていったが。さぁ久美子、お祈りするよ！」と母の号令がかかる。

すると私と弟は一様に神棚の前に集合し、ひざまずき頭を下げて手を合わせた。それは、傍から見たら奇妙な光景だっただろう。

どんなことがあっても毎日、この時間だけは欠かしてはいけない。父が家にいる土日も、それは例外ではなかった。父が出かけた隙を見計らって、私たちは熱心にお祈りをした。幼い頃は、私はこのお祈りをゲームのように無邪気に楽しんでいた。これは母と私と弟だけが知っている、秘密ごっこなのだ。それが無性に嬉しかった。私は、いろいろなことを

「神様」にお願いした。

どうか、投書した原稿が新聞に載りますように。応募した作品が賞を取りますように。ボツになりませんように。母の期待に応えられますように。そして、お父さんとお母さんが喧嘩しませんように。だって神様は、私たちの願いを叶えてくれるのだから——。幼い頃、私はそう信じて疑わなかった。

そして、母に連れられて、ときたま教団の施設に出かけて、お祓《はらい》の儀式を受けた。

不幸中の幸いと言えるのは、昨今問題になっている旧統一教会のように、家庭の財産を全部もっていかれることはなかった点だ。神道系の新興宗教であり、カルト宗教のような悪徳さはなかったが、母の過剰なまでの陶酔は、いつしか私を苦しめるようになっていた。

母は私の成功を、神のおかげだと喜ぶようになったからだ。

「久美子が新聞に載ったのは、神様のおかげだからね。神様に毎日お祈りをしていたからなんだから」

しかしそれは、私が血のにじむような努力を重ねた成果にほかならなかった。

母は、それをけっして認めようとしない。いや、少しは認めていたかもしれないが、やはりすべては「神」のなせる業《わざ》なのだ。

私は、自分が成長するにしたがって、底知れぬ無力感に苛まれるようになっていた。私は、ただただ母の愛に飢えていた。私はいつだって、母の愛情の埒外《らちがい》にいるしかない存在なのだ。

私は成長するにつれて、母が熱狂してやまない宗教を少し疑いはじめるようになった。母は困りごとがあると、何かにつけて少し高額なお布施をしたり、少額ではあったものの毎月、封筒に入れて教団にいくらかの額を献金し続けていた。

いつまで無駄な金をむしり取られ続けるのだろう。私はいろいろな本を読むうちに、いつしかそんなことを考えるようになっていった。しかし母の頭の中に、宗教を辞めるという選択肢は微塵《みじん》もなかった。それどころか、少しでも私が宗教を疑うことを話すと激怒した。そして、宗教を辞めたばっかりに人生が暗転した人の話ばかりするようになり、さらに何かを忘れるかのように宗教に没頭していくのだった。

今あらためて考えると、母が新興宗教にハマっていたのならば、父も父で、立派な宗教にハマっていたのだと思う。しかし父が傾倒していたのは、わかりやすい宗教というかたちではなかった。詳しくは後述するが、父は異様なほどに作家の村上春樹に心酔し、傾倒していたからだ。それは母と同じく、父にとって一種の宗教に近かったと思う。

春樹教という立派な宗教――。父はそれだけ春樹に帰依し、自ら春樹ワールドを実現し、その世界だけに耽溺《たんでき》していたのだ。

ただ言えるのは、そうして夫婦で背中を向けたまま冷え切った結婚生活が、非常に危ういバランスの中でかろうじて続いていたということだ。お互いが、それぞれの神を別々に信仰しながら――。いや、それは神がいたからこそ、なのかもしれない。

母の発狂と声なき叫び

そんな父も、いつも何かに焦っていた。教師は出世コースを目指そうとすれば、ヒラの教員から教務主任、教頭、校長と、役職が上がっていく。当然そのためには、さまざまな根回しや通常のクラス運営に加えて、昇進試験の勉強が必要になってくる。もちろん、一生ヒラの教員でいることもできる。だから家庭生活を優先したり、子どもたちと向き合う現場にこだわることを選ぶ教師は、自ら出世コースを望まないというのは母から聞いた話だ。

父は当然のごとく、出世コースに乗りたがった。父にとって昇進こそが自らのアイデンティティだったからだと思う。父は、いつも何かに急《せ》き立てられていた。そして終日自室に閉じこもり、猛勉強をすることが多くなった。その甲斐あってか、父は出世コースの階段を順調に駆け上がっていった。

傍から見ていて、父にとって小学校の教員という仕事はただの食い扶持《ぶち》に過ぎず、子どもなんて本心では、まったく好きではなかったように思う。

私が小学生の頃は、小学校の教員は役職が上がると、よほど優秀な人材以外は、まずは僻地《へきち》に単身赴任で飛ばされるのが恒例だった。幸せな家庭であれば、家族がバラバラになってしまう単身赴任は、まず望まないだろう。

しかし、我が家は真逆だった。

父にとっては僻地での気ままな一人暮らしは渡りに船だったのだ。むしろギスギスした家庭から離れられるいい機会で、せいせいしたに違いない。それは母も同じだったのだろう。双方の利害は、驚くほど一致していたのだ。

父が僻地に飛ばされる辞令が出た日のこと——。あのときの母の表情は、今も忘れられない。

「単身赴任が決まったぞ。〇〇学校に行くことになった」

そんな父の言葉を受けて、母は万歳して、喜んだのだ。

「あら！　よかったじゃない」と。

そして満面の笑みを浮かべた。このとき、母が父の出世だけを喜んでいるわけではないことを私はわかっていた。母が何よりも嬉しかったのは、父が単身赴任で数年間にわたって家から姿を消すことなのだ。

母の喜ぶ姿を見て、私が一緒に無邪気に喜んだのも事実だ。当時の私にとって、母の歓びは私の歓びだったからだ。父の単身赴任が決まった夜、私たち一家は車を出して久しぶりの外食を愉しんだ。母にとっても父という存在はお荷物でしかなかったのだ。

もはや、私たち一家が内部崩壊していたのは間違いなかった。両親は、お互いに離婚という汚点を残さないために、立派な一戸建てという監獄の中で、仲むつまじい家族を演じ続けた仮面夫婦に過ぎなかったのだ。

父は三月末になると車にありったけの荷物を詰め込んで、山奥の僻地校に赴任していった。そうして、母と弟と私の三人だけの生活がはじまった。

朝がきて、学校に行き、昼がきて、三人で夕食を食べる。父が単身赴任でいなくなってから、母はすこぶる機嫌がよかった。

しかし、しばらくすると母に大きな異変が起きはじめた。母は気に食わないことがあると、突然激情に駆られ、台所から刃物を持ち出し、振り回すようになったのだ。それは、決まって深夜に起こった。

母はよくキッチンの包丁差しから、刃先が少し錆びついた出刃包丁を取り出してきて、「みんな、みんな、殺してやる!!」と絶叫し、暴れ、私たちを追い回した。

母の振り下ろした包丁の刃先が私の横で、スッと空を切る。ヒヤリとする。私は怖くてしかたなくて、ただただ泣きじゃくった。鼻水と涙が、ぐちゃぐちゃに混じり合っているのがわかる。なんとか命だけは守らなきゃと思いながら、「お母さん、やめて!」と叫ぶ。しかし、いくら私が泣き叫ぼうが、母はありったけの力で、容赦なく何度も刃物を振り回す。まるで、この崩壊した家庭そのものを切り裂こうとするかのように――。父が単身赴任で不在になってからというもの、そんなことが幾度となく繰り返されるようになった。なぜ母が、私たちに対して刃物を向けるようになったのか。母は暴力衝動を抑えきれない自分を、しきりに更年期障害のせいにしていた気がする。「お母さん、ちょっと最近おかしいのよ」と。しかし、それは母が自らでっちあげた言い訳に過ぎず、免罪符だったのではないか。

私の見立てでは、このときの母は、不安で仕方がなかったのではないかと思う。

一番大きな要因は、私たちのパワーバランスが大きく変わってきたことだ。

考えてみると月日が流れるにつれて、私の体はぐんぐん成長していった。同級生に比べて成長が早かった私は、小学5年生にもなると母の背丈を追い越し、身体は大人とまったく変わらなくなっていた。それは私と弟が手に入れた唯一の、母に対抗できる武器でもあった。母はもはや、力ずくで私たちを思いどおりにすることは不可能になった。母は、しだいに体が大きくなっていく私たちを、少しずつ脅威に感じはじめていたのではないだろうか。

そうやって、母の地位も家庭内で微妙に変化していった。私の身体が大きくなった今、昔みたいに私に肉体的虐待をすることはできない。

延々と続くと思っていた母の支配は、この頃から揺らぎはじめたのだ。母はきっと、このパワーバランスの転換に動揺していたのだろう。

そして、そこに父の単身赴任が重なった。今思うと、それはもはや力なき母の反乱であったのかもしれない。この家の大人は、もはや母だけなのだ。母はそうして、最後に残った自らの力を振り絞り、子どもである私たちに権力を誇示したかったのではないか。母が発狂するきっかけは、いつも気まぐれに映った。ちょっと前までは笑っていたのに、突然不機嫌になって火が付き、荒れ狂うこともあったからだ。

その頃の母は、いつも行き場のないエネルギーを持て余していた気がする。人生の報われなさ。そして、深い悲しみと怒り――。それが突如として爆発するのだ。

テレビを見ていると、洗い物をしている母が突然皿を投げ出し、包丁を持ってダイニングにやってくる。「こんなこと、やってられるかー!!」と絶叫しながら――。

そもそも母は料理が大嫌いだった。専業主婦になんてなりたくなかった。それなのに、いつもいやいやキッチンに立っていた。私は何千回、何万回と耳にタコができるほど、その話を聞かされていた。

西側のキッチンは、ダイニングとは逆向きに位置する。母はそこで、私たちに背を向けて料理をしていた。キッチンは、いわば母を苦しめる強制労働の場でもあった。錆びついた鍋に、ほこりのかぶった茶碗。薄汚れたコップの山々。光の入らないそこは、じめじめとしていていつも暗く、母の叫びを体現していた。

そしてコンコンコンと鳴る包丁の音。

母は肌が弱い家系にもかかわらず、日々の洗い物などの水仕事や料理をしていたせいで、手指に主婦湿疹ができ、血だらけになって、よく病院通いをしていた。搔《か》きむしったために、ボロボロとグロテスクに剝《は》げた母の指を、私は無邪気な残酷さから、子ども心に気持ち悪いと感じていた。そして、そんな母の後ろ姿を無言で見つめながら、いつも罪悪感と申し訳なさで引き裂かれていたものだ。母はキッチンで恨み節をつぶやきながら激痛に耐え、料理という苦役をこなさなければならなかった。形骸化した空っぽの家庭を維持するために――。

すべては私たちのために、私たちが存在するから、母はここに囚われているのだ、と。キッチンはまさに母の怨念が詰まった空間で、母の憎悪が目に見えないかたちで渦巻いていた。そんなキッチンの暗闇から突如として現れた出刃包丁。死んだ青魚の目のように黒々と光る使い古された包丁には、確かに母の積年の怨念が宿っていたのではないだろうか。

その刃は否が応でも私たちのほうへと向かってくる。どんな理由であれ父が不在の今、私たちは、子どもだけでそんな母の狂気に立ち向かわなければならないのだ。シンと静まり返った夜の新興住宅地で、メッタ刺しの殺人事件が起きるギリギリのところに、私たちきょうだいは身を置いていた。それは、生きるか死ぬかの生死を懸けたデスゲームさながらだった。

すべて壊れてしまえ、という母の声なき絶叫、そして破滅願望の発露――。この日常生活からの解放を企てる母の反乱。

真っ白いダイニングの蛍光灯が母の持つ包丁の刃先に反射して、一瞬私は目がくらむ。私と弟は母の狂気をすぐに察知し、ダイニングから和室へと逃げた。しかし、母はどこまでも追いかけてくる。どこまでも、どこまでも――。

一階に逃げ場はないことを悟った私たちは、一瞬のスキをついて二階の自室へと逃げていく。一階に隠れていれば、いずれは見つかり、また母ともみあいになり、刃物が降ってくるかもしれない。

刃物が唯一の武器であることを、母はあるときから確実に悟っていたはずだ。私たちは、母が一度刃物を振り回しはじめると、ただただ逃げるしかなすすべがなかった。

私たちは刃物を振り下ろす母から、死に物狂いで家中を逃げ回った。真っ暗な階段を駆け上がって居間から二階へ。当然ながら母も追いかけてくる。ドスドスドスという刃物を持った母の足音。心臓がどきどきする。あれは、死の足音でもあった。それは、見ず知らずの他人が見ればホラー映画のワンシーンだったと思う。ドアを閉めても必死にこじ開けようとしてくる。ガチャガチャというドアを回す音。

「お母さん、お願いだから、あっち行って！」

「殺されるから、絶対に開けちゃダメ！」

私は、四つ下の弟にそう指示した。そうして嵐が過ぎ去るのを、息をひそめて待つのだ。刃物の威力に味をしめた母は、包丁が私たちを支配できる武器だと認識したようだ。

デスゲーム

人の弱点を見抜き、そこを突いてくる母の能力のあまりの狡猾《こうかつ》さに舌を巻いてしまう。力の上でどんなに劣勢になっても、一撃必殺の武器を手にした母は、やはり家庭内で最強の支配者だった。そして母は力が弱くなっても小さくなっても、やはり私たちの前に君臨する絶対的な存在なのだ。

私は母とそっくりの架空の人物を思い出す。それは、ゾンビゲームに登場するボスキャラである。母は、あれにそっくりだったのだ。

当時、『バイオハザード』というサバイバルホラーゲームが流行っていて、私はそのゲームが好きだった。そして、あるシリーズのラストステージに現れるのが、圧倒的な力を誇るボスキャラだ。少しでも強力な攻撃を食らうと即ゲームオーバーになる。

かろうじてボスキャラを倒したとホッとしたのもつかの間、目の前で突如として変化がはじまるのだ。何が起こったのかと目を見張ると、身体が大きくなり、グロテスクな姿へとそのかたちを変えている。

そう、ボスキャラは、第二形態に進化を遂げたのだ。第二形態はそれまでとはまったく桁違いのパワーを獲得して、激しい攻撃をしてくる。そのゲーム展開についていけないプレイヤーの私は、第二形態のラスボスに一撃でやられてしまう。そして、ゲームオーバーとなる。あのときの悔しさと無力感は、よく覚えている。

私は気がついた。

母は、きっとあのボスキャラのような第二形態となったのだ、と。母の髪にはポツリポツリと白髪が目立ち、しわも増えはじめていた。力ではおそらく、子どもである私たちが上回っている。しかし母は、刃物という武器を得てパワーアップし、さらなる攻撃を仕掛けてきているのだ、と。第二形態となった母は、向かうところ敵なしなのである。

攻撃すればするほど、強力な手段に訴えてくる母。私たちは結局、母の手のひらで転がされるだけで、積極的な反撃に打って出ることはできないのだ。

しかしその当時の私は、その恐ろしさをまだ知る由もなかった。母には、じつは第二形態に留まらず、第三形態も、第四形態もあるということを――。そして、死ぬまでこうして変幻自在に姿を変えていくということを。たとえ枯れ木のような姿になっても、死ぬまでパワーアップし続け、執拗に攻撃してくるということを。

しかも、母は私たちの弱点を知り尽くしている。私たちが「愛」に飢えていることを知っている。愛情と承認欲求という強力なアメと、憎悪とネグレクトというムチを変幻自在に使い分け、私を支配していく、ということを——。

ゲームならば何百回もリセットして、弱点を探すことができる。けれど、私たちの人生はゲームとは違う。人生は一度きりで、リセットボタンはないのだ。ゲームオーバーは、すなわち死を意味する。

私は第二形態に進化を遂げた母の圧倒的なパワーに、まるで殺人鬼に追い回されるかのごとく、ただただ逃げ惑うしかなかった。

そのときの母の表情は、まさに怒気に満ちていた。顔がぐちゃぐちゃに崩れたかと思うと、般若のように硬直した。そして、突然笑い出したりもした。

私はいつもそんな母におびえていた。そして部屋中にあふれる血の海の惨劇を想像した。その中で私と弟がぐったりと床に倒れ、母が警察に連行される様子が、何度も何度も思い浮かぶのだ。そしてテレビや新聞には、「新興住宅地でメッタ刺し」の文字が躍っている。

しかし、そのニュースが流れる頃には、私たちの命はないこともわかっていた。だから、きっとそのニュースを目にすることはないのだ、と。そう思うと、悲しくてたまらなくなった。私はこのときほど、誰か信頼できる大人に助けてほしかったことはない。

周辺住民は、たびたび聞こえる尋常ではない母の怒号から、何が起こっているのか薄々気づいていたはずだ。しかし新興住宅地は、恐ろしいほど他人に無関心なのである。母が包丁を振り回して暴れても、当然ながら誰も助けにきてくれなかったし、身内であるはずの父は、単身赴任なのはさることながら、当たり前のように家庭のことなど顧みることはない。だから、母のことを相談できるはずもなかった。

私たちは孤立無援だった。私たちは幾度も、母の手から逃げ続けた。そして母の乱心が収まるまで、家の中のいたるところに身を潜めた。自分で自分の身を守るしかなかった。

しかし、そんな母との命を懸けたデスゲームには、唯一の攻略法（?）があった。

それはタイムリミットがあることだ。朝まで辛抱すればいいのだ。母は朝になると、決まって普段どおりに戻っていた。日の光がさしはじめる時刻になると、母は疲れ果てたのか、まるで憑《つ》き物が落ちたかのように、昨夜の顔とは一変する。そして笑顔を見せたり、朝食をつくりはじめたりしてケロリとしている。

そんな母の様子を見て私たちは内心ドキドキしながらも、胸を撫でおろしたものだ。そうして私たちきょうだいは、ときたま寝不足の目をこすりながら登校した。

それでも、今考えるとゾッとしてしまう。あのとき、母にメッタ刺しにされていたら、母の振り回す包丁が一センチでもズレていたら、今、私はここに存在しないのだ、と。

そして、私たちだけが知る母の狂気――。父の不在の中、私たちは母の狂気から何とか懸命に生き延びた。そんな自分を、褒めてあげたいとすら思うのだ。

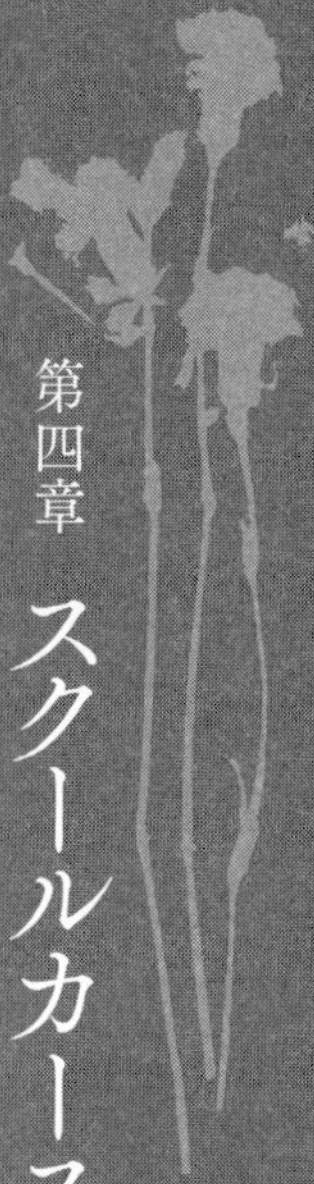

第四章　スクールカースト最底辺

クラス全員からのいじめ

小学校高学年になると、私の環境はめまぐるしく変化した。その頃から、激しいいじめがはじまったのだ。よく考えてみれば、私は昔からクラスメイトの中でもっとも浮いた存在だった。今思うと、私自身が一種の異様さを醸し出していたと思う。

男の子用の短パンに、親戚の男の子のおさがりのよれよれロングTシャツ、そしてスポーツ刈り——。それが、私の小学生時代のデフォルトだった。

それは今振り返ると、母親がミソジニーの塊であったからではないか、とふと気づかされる。ミソジニーとは女性に対する憎悪や嫌悪を指す用語で、女嫌いとも言う。男性だけでなく、女性が抱くこともある。

母は私に、「女の子」であることをけっして許さなかったのだ。そして、その芽を徹底的に摘み取っていた。

母の口癖は、「女なんて汚い生き物だから」「女なんて、すぐ裏切るから」――。なぜ母が女性を憎悪していたのか、今となってはわからない。しかし、もしかしたら母の生い立ちに秘密があるのかもしれない。詳しくは後述するが、幼少期から祖父母の「愛」を独占していたのは、つねに別の女きょうだいだったからだ。母は、そんな女きょうだいを見て、ミソジニーを募らせていったのかもしれない。

しかし、母の第一子として生まれた私は、れっきとした「女の子」である。私は母の虐待の根源には、そんなゆがんだ女性性のねじれを見る。

私はいつだって、可愛い女の子に憧れた。クラスメイトの女の子たちは、サラサラの栗色のロングヘアーを惜しげもなく伸ばして、スカートを履き、ときにはお下げにしたり、流行りのダメージがかったジーパンを履いていたりもした。

しかし私には、そんな「女の子」としての振る舞いは許されなかった。私は彼女たちが話すアイドルや好きな男の子の話、そして、流行りの洋服の話などにまったくついていけなかった。

それでも、小学校中学年のうちはまだよかったと思う。みんなまだ幼く、おおらかだった。しかし、小学校高学年になって思春期が近くなってくると、様相は変わってくる。多感な時期に差しかかるほど、人は異質なモノに敏感になるものだ。

そして通っていた学校は、県内でも有数の進学校ということもあり、子どもたちが親からプレッシャーやストレスを人一倍抱えていたことも大きかったと思う。クラスメイトたちは、いわば生贄《いけにえ》を求めていたのだった。

圧力釜の内部で吹きこぼれそうなほどに高まった圧は、いつだってもっとも弱いモノにしわ寄せがくる。母が私を虐待の対象にしたのと同じだ。そしてクラスメイトの中で、もっとも異質で「浮いていた」私が、その格好のターゲットとなるのに時間はかからなかった。

小学五年になりクラス替えがあると、私はまず女子のグループから徹底的に仲間外れにされた。最初は些細なことだったと思う。

いつだったか、「あの子、ヘン」「服がおかしい」「キモチワルイ」そんな言葉を投げかけられたのが、すべてのはじまりだった。しかし、それは徐々にクラス全体へと波及していった。

女子グループのリーダー格は、ずる賢かった。それまで私に無関心だったほかの女子にも、私を無視するように働きかけていったのだ。それは、子どもながらの残酷なゲームだった。そうして私は、女子全員の誰とも口をきいてもらえなくなった。

男子のリーダーとも仲がよかった女子のリーダー格が、あろうことか男子たちにも私を無視するように吹き込んだ。それがあっという間に、クラス全体に伝播していった。

クラスの全員から激しいいじめがはじまり、スクールカースト最底辺へと堕ちていくまで本当にあっという間だった。それだけでなく、それを聞きつけたほかのクラスの子たちからも、いじめを受けるようになった。そうして私は全学年の生徒から、ゴミ以下の存在として扱われるようになっていく。

「クズ」「ゴミ」「死ね」「キモチワルイ」「バイ菌、あっちに行け」

廊下をすれ違ったクラスメイトから罵倒されるのは、もはや日常だった。

しかし、私の感覚は一般の人と少し乖離《かいり》していたと思う。私は、いじめが理不尽だとは感じていなかったからだ。母によって幼少期からネグレクトされて育った私は、他者から自分をないがしろにされることに慣れ切っていた。だから私は、いじめを甘んじて受け入れていた。それは母の虐待から学んだ処世術を、幼少期から痛いほどに叩き込まれ、身に付けていたからだと思う。

どんなひどい言葉を投げかけられても、無視されても、心に蓋《ふた》をすればいい。いつだって、心を無にすること。そうすると何も感じなくなる。そう、母に虐待されたときみたいに――。意識をどこかに飛ばすのだ。しかし、今考えると私の心は、何も感じなかったわけではない。きっとやはり、無数の傷がついていたのだ。そう、立ち直れないほどに――。

休み時間になると、私が近づくだけで、誰もがすさまじい勢いで笑いながら逃げていった。私は「バイ菌」で、私に触れたら何かに「感染」するらしい。それは、同時に私と

「同類」のカーストに落ちるということでもあった。クラスメイトの誰もが、私のように「仲間外れ」にされることを恐れ、この同調圧力による残酷なゲームにのっかっていた。

そのため私は、誰一人としてクラスメイトに近づくことは許されず、プリント用紙を手渡そうと男子に近づいただけで、「近づくな!」と蹴られたこともあった。そして、私はますますクラスメイトから孤立するという、いばらの道を辿っていくのだった。

いじめで一番困ったのが、昼休みの時間だ。授業時間や授業の間の休み時間はまだいい。しかし、昼休みの時間は四五分近くもある。そして、その時間は誰もが友だちと遊んでいる。本来であれば勉強から解放される子どもにとって一番楽しい昼休みは、私にとってはもっともつらくて苦しい時間でもあった。

私には遊んでくれる友だちが誰一人いなかった。そして、そんな長時間、教室にいてもいじめの餌食となるだけなのだ。私が長い昼休みをどう過ごすか、それは大問題だった。

そんな私にとっての唯一の居場所が、図書室だった。

昼休みの図書室はガランとしていて、基本的に誰もこない。だから私は図書室にこもって本ばかり読んでいた。私は動物の伝記モノに夢中になった。椋鳩十《むくはとじゅう》に『シートン動物記』、『ファーブル昆虫記』、江戸川乱歩のようなミステリも読んだ。動物の世界には人間の世界のような意地悪さがなかった。本だけが私の友だちだった。空想の中に飛び立てば、つらい現実から逃げられる。学校というどこにも行き場のない閉鎖空間で、私にとって外に開かれていたのは図書室だけだったのだ。

読んでも読んでも図書室には無限に本があった。私には図書室しか居場所がなかった。行く場所がなかった。図書室は逃避場所で、本の中の世界にいるときだけ、私はこの不自由な体を脱ぎ捨て、唯一自由になれた。

図書室の窓の外から聞こえるサッカーボールを蹴り上げる音、そしてグラウンドを駆け回る男子の声。窓から窓へ抜けていく風。たなびくカーテン。舞い上がる校庭の砂ぼこり。私が小学校時代の記憶でいつも思い出すのは、そんな図書室の窓越しに見える光景だ。

母によってアイデンティティをボロボロにされた私は、学校でもやっぱりボロボロになった。私は、いつだって誰かの格好のサンドバッグだった。人権なんて、なかった。そんな役割が当たり前だと思って生きてきた。

そうして自己肯定感を持てないまま、大人への階段を駆け上がっていった。

結局、私は小学校を卒業する間際までの二年間、いじめを耐え抜いた。しかし、限界が近づいていた。私にとって、中学進学が日に日に近づいていたからだ。それは、私にとって一番の恐怖であった。

私はわかっていた。中学校に上がっても、きっとこのいじめは続く。この生き地獄は何も変わらず続いていく。いや、それでさえ楽天的な見通しに過ぎない。一番考えられるのは、いじめが、もっともっとひどくなるということだ。

うちの学区の中学校はマンモス校だ。他校の生徒も合流することになっている。私はその大量の同学年たちから、小学校時代とは比較にならないいじめを受けるだろう。しかも、中学になると先輩後輩関係が厳しいという噂もあった。だから先輩たちからもいじめを受けることになるのは必至だ。

きっとこの小学校時代は、まだまだぬるま湯なのだ。私は、暗黒の中学生活を想像するだけで、怖くて足がすくむようになった。中学校に行きたくない。いや、それどころか、もう生きたくない。そうして、毎日「死」を考えるようになった。

死にたい死にたい死にたい死にたい死にたい。

そんな言葉が頭の中を渦巻いてとまらないのだ。

小学校の卒業が日に日に近づくにつれ、私は鬱状態になっていった。食事が喉をとおらないのだ。そしてついに朝、布団から出ることができなくなった。体が鉛のように重い。体が重い。心が重い。学校のことを考えると無気力になり、震えが止まらなくなる。

母は当初、「サボってんじゃないわよ！」とそんな私の布団を引きはがし、無理やり学校に行かせようとした。しかし、私の尋常ではない様子にただならぬものを感じたようだ。そして、学校で何があったのか、問いただそうとした。ここまできたら、母に本当のことを話すしかない。私は、重い口を開いた。二年間、いじめにあっていたこと。そして、中学に進学すると、それがますますエスカレートする可能性があること——。

母はその場で、ストンと崩れ落ちた。まさか、わが子が学校でいじめにあっていたなんて、思いもしなかったらしい。母は、もう学校に行かなくてもいい、と言った。今思うと、母のこの選択だけは間違っていなかったと思う。そもそも、もう私の心身はズタズタに傷ついていて、学校に行けるような状態ではなかったからだ。

何も感じないと心に決めていたが、やっぱり、あのときの私にとって、いじめはつらかったのだと思う。小学校時代を思い返してみて、私の心に浮かび上がるのは悲しみの感情だからだ。どんなに心に蓋をしても、強がっていても、長年のいじめで私の心は悲鳴をあげていた。

コップの水があふれてこぼれ落ちるみたいに、じわじわと自分の内部から感情があふれ出したのだった。気づかぬうちに私の心は修復不可能なほど、ズタズタに傷ついていた。

そして、私はその日から不登校になった。あの過酷ないじめが待っている環境に、もう戻らなくていい――。それだけが救いだった。

引きこもりのはじまり

不登校になってから、家に引きこもる日々が続いた。私はその間、疲れきった心と体を、ただひたすら休めていた。

その間、いろいろなことが起こった。両親は、いじめを放置していた学校に怒り狂い、激しく非難した。その当時の母は、「いじめられた」娘の母という悲劇のヒロインに酔っているようでもあった。

母はモンスターペアレンツぶりを遺憾なく発揮した。確かにクラスの担任がいじめを放置していたのは事実だ。しかし、母の怒りはそれをとおり越していて、異様だった。玄関に土下座して震えている若い女性の担任教師の姿を私は何度も目にしたが、母を前にすると何も言えなくなった。

「久美子、私立中学に行ってみない？」

そう母に切り出されたのは、不登校生活が一か月過ぎた頃だったと思う。母はカラーのパンフレットを差し出した。それは、県内でもまだ数少ない、中高一貫のブランド私立中学の入学案内だった。母は、私という打ち上げ花火による一発逆転を、諦めてはいなかったのだ。その挽回のチャンスを虎視眈々と狙っていたのだ。

とはいえ、私立中学進学は、私自身にとってもメリットがありそうに思えた。

私の住んでいた地域では、地元の公立中学に進学するのが一般的である。多様な選択肢がある東京と違って、進路の選択肢は驚くほど乏しかった。そして、私はその地元の中学に進学することが、いまだに怖かったからである。だから、母が持ってきた私立中学の話は、私にとって悪くない話だった。私は母に言われるがままに、地元から離れた難関の私立中学を受験し、無事合格を果たした。

私が私立中学の受験に受かるなり、母は周囲にこう自慢しはじめたのだ。

「うちの子は、私立中学に行くことになったのよ。教育レベルが違うからね。あんな問題がある学校に通わせられないのよ。ほら、制服だってこんなに可愛いんだから」

母は、近隣住民や祖父母たちにそのパンフレットを見せびらかした。そのページには、世界で輝くトップデザイナーがデザインした制服を身にまとった、いかにも「お上品そうな」女子生徒たちの笑顔が写っている。

しかし、本当に彼女たちが「お上品」だったか、私はその裏の顔をあとで嫌というほど思い知る羽目になる。だが、このときは知る由もなかった。

その学校は家から少し遠かったため、母に車で送り迎えをしてもらったり、バスを乗り継いだりして、通学することになった。いつだって母の勧めは絶対で、逆らう余地なんてなかったし、母が喜んでくれたのは嬉しかった。

娘が学校でいじめられていたのは、母にとってまさに予想外の出来事だったのだと思う。しかし、母はそんな危機に見舞われても、起死回生のチャンスを狙っていた。それは県内屈指のブランド校に私を入れることだ。母にとってそれは新たなステータスとなった。

そして母は、私の中学受験合格によって、それを見事に果たした。

「私立中学に通う娘を持つママ」という称号を手に入れ、文字どおり有頂天になっていたのだ。それでも私にとって、母の歓びは私の歓び――。だから私も嬉しかった。

そうして、私は母の新たなアクセサリーとなった。


その頃、我が家でもちょっとした変化があった。急に個室が与えられたのだ。ちょうどママ友たちが、子どもの個室を自慢する時期でもあった。見栄だけは張りたい母は、そんな「進歩的」な流行にはやたら敏感だった。前時代的な習わしを毛嫌いしていたのだ。

しかしその背景には、やはり母のコンプレックスがあったと言える。五人きょうだいの母は、個室を与えられていなかったらしい。だからいつも、思春期を迎えても、きょうだいと過ごしていた。「個室」はそんな母のコンプレックスを刺激したのだろう。

「久美子もこれから中学生なんだから、勉強するためには個室が必要でしょ。お母さんが久美子くらいの頃には、個室なんかなかったからね」

母はうらめしそうに、遠くを見ながらそう言った。そして、母の物置小屋と化していた六畳の和室を私に明け渡した。母は、いつだって気まぐれだった。ママ友との情報交換やその時々の気分や見栄、そしてコンプレックスに衝動的に突き動かされる。その予測不能な行動にいつも振り回されるのは、子どもである私だ。

しかし、私にとって今回ばかりはラッキーだった。母のコンプレックスのおかげで、自分の城を手に入れることができたからだ。私は中学進学とともに自室を手に入れ、県内でも数少ない私立中学に進学した。傍から見れば私の人生は、順風満帆に進んでいるように見えた。

仲間外れゲーム

しかし、そんな第二の人生でも、新たな悲劇が待ち受けていた。

入学式で驚愕したのは、同級生が医者の子や大学教授の子しかいないことだった。そして気になったのは、彼らが一様に天真爛漫さがなく、妙に大人びていたことだ。そこは小学校とは比較にならないほど、クラス中に陰湿ないじめが横行する地獄の学校だったのである。

ターゲットになったのは私ばかりではない。男子も過酷ないじめに晒《さら》されていた。ある男子生徒は、椅子に画鋲を置かれたり、消しゴムのカスを弁当に入れられたりもしていた。自己肯定感の低い私が、そんな過酷な環境において再びいじめのターゲットになるのに、時間はかからなかった。

小学校時代のいじめは、まだわかりやすかった。クラスメイトの全員から無視され、人間以下の扱いを受けても、空気のように無になってしまえばいい。心を殺してしまえばいい。

しかし、中学時代になると、その様相はまるで変わった。私は逆に、クラスメイトたちに「人権」を与えられたのだ。そう、つかの間の、そして期限付きの「人権」を――。

中学に入学してしばらく経ったあるとき、私はクラスの女子から突然、仲間外れにされた。多分、中学に入ってからも、やっぱり私は浮いていたのだと思う。何がきっかけだったか、今となってはわからない。しかし、小学校時代と変わらず中学時代もリーダー格の女子がいて、すべてをコントロールしていたことは、確かに覚えている。

とにかく私はその女子の一声によって、ある日を境にグループから無視され、罵声を浴びせられ、孤立するようになった。しかし、ヘンな話だが、私はいじめにはやっぱり慣れていた。小学校のいじめでほとほと通り抜けてきたパターンだったからだ。

けれどもその後のパターンは、一辺倒ではなかった。

クラスにはもう一人、私と同じく浮いている女子がいた。その子は根暗な私とは、まったく真逆なタイプだった。歌がうまくて、歌手を目指していたその子は、何よりも容姿が飛びぬけて可愛らしかった。それが女子のリーダーにとって気に食わなかったのだと思う。私はその子と、交互に仲間外れにされるようになった。いわば「仲間外れ」ゲームだ。今日までは「人間」だったのに、翌日には「奴隷」の扱いになる。そして、私が「人間」になれば、その子は「奴隷」になる。その子が「奴隷」になれば、私は「人間」になって、グループの仲間に戻ることが許される。その繰り返しだ。

「人間」になれれば、グループの女子たちとも今までどおり喋ることができるし、お昼のお弁当の輪の中にも入れてもらえる。しかし、翌日登校すると、突然クラスの全員から口もきいてもらえなくなる。スクールカーストをジェットコースターのように行き来させられる日常。それは、私を奈落の底に突き落とした。

いつ、「その瞬間」がやってくるかはわからない。私は「奴隷」に堕ちないように必死におどけたり、リーダーのご機嫌をとったりしていたが、あまり効果はなかったように思う。すべては女子のリーダーの気まぐれだったし、そもそもそのゲームの最大の目的は、私やその子が苦しむ姿そのものにあるからだ。

彼女たちが、その無慈悲ないじめを娯楽として愉しんでいたのは間違いない。私とその子が戸惑い、苦しむ姿を見て、彼女らは時折笑みを浮かべていたからだ。それは、彼女たちのストレス解消法であり、愉しみであったのだ。

その一因は、ひとえに子どもにかける親の期待にあったと思う。中高一貫教育のブランド校。そこに渦巻く負のエネルギーは、今考えるとすさまじかった。彼らは、中学時代から東大や京大、国公立、もしくは医大を目指して猛勉強を重ねていた。いわば親の期待を一身に背負っていた。

彼らの目標はただ一つ、この過酷な受験戦争を勝ち抜くことだ。そのため、空き時間は家庭教師や塾などの予定でびっしりと埋めつくされていた。

学校での「仲間外れ」ゲームは、そんな「才女」たちの唯一のガス抜きだった。そして私は、ただなぶり殺しにされる生贄となった。

私が、クラス全員による小学校時代のいじめと異なる女子たちの行為に激しく動揺したのは、きっとそこに母の幻影を見たからだ。

女子グループが私にしたことは、今振り返ると母が私にしたこととまったく同じだったと思う。愛が欲しくて、振り向いてほしくてがんばっても、母の愛は条件付きだったり気まぐれだったりする。考えてみれば母も、私のジェットコースターのような感情の振れ幅をどこか愉しんでいたふしがあった。

女子グループも同じだ。人がどういう状態に置かれればもっとも傷つきダメージを受けるのか、彼女たちは本能的にそれを理解していた。だからこそ、私に一時的にでも「人権」を与えたのだ。それは今思うと、小学校時代とは比べものにならないほどの、ゾッとするような陰湿さがあったように思う。

私立中学でのいじめは、私を心身ともに徹底的に破壊した。

そして、一年ほど通学したあと、私は再び学校に足が向かなくなった。

学校に行けば、今日はクラスでどんな扱いになるかわからない。今日広がっている世界は天国か、地獄か。それは投げられたサイコロの目のように気まぐれなのだ。その偶然性に翻弄されることを考えると、思わず足がすくんでしまい、怖くてたまらなくなった。

ゴミならゴミで、ずっとそう扱ってほしい。そっちのほうが、どれだけ楽だったことか。

そうして再び、私の引きこもりがはじまった。私の体は石のように固まり、動かなくなった。

もう、今度こそ終わりだ、と思った。

その瞬間、私という存在は完全に停止した。

私は、母の期待に応えられなかった。「人生が詰んだ」――まさにこの言葉がもっともふさわしい。母があれだけ喜んだブランド私立中学への進学。私は新たな環境で起死回生し、やり直すはずだった。母の生きられなかったバラ色の人生を生きるはずだった。

しかし、私はそのレールから、またもや外れてしまった。母の期待に応えられなかった私なんて、なんの存在価値もない。生きている意味なんて、ない。もう、すべては終わりなのだ。

そんな考えに支配されて、日々頭がおかしくなりそうになった。

いい大学に行き、いい会社に就職すること。徹底した学歴信仰。結婚せず、働き続けること。それが、母が私に望んだ成功ルートだった。そんな強迫観念が頭のてっぺんから足の先まで染みついていた私は、不登校になったことで、生ける屍《しかばね》そのものとなった。

教育虐待の恐ろしいところは、親の期待から外れると即、無用のレッテルを自らに貼ってしまうところにあると思う。学校以外の大きな社会を知らない子どもにとっては、家庭と学校が世界のすべてになってしまう。特に私は、母によって視野狭窄《きょうさく》な価値観を植え付けられていた。

それは子どもを必要以上に追い込み、自縄自縛にして心の底から苦しめる。そして、再起不能なほどに精神を病ませてしまう。

両親は、いじめを学校の責任にした。そして、学校側を責め立てた。しかし、私立中学は生徒の親の授業料で成り立っていることもあり、いじめの対応には弱腰だった。「いやなら、いつでも辞めてもらって結構」というわけだ。

結局、私は、私立中学を一年の終わりで退学した。

いざ退学してしまうと、学校とのつながりもプツリと切れてしまった。あの想像を絶するようないじめは確かになくなったが、それは学校という社会とのつながりを失うことでもあった。

だからといって今さら地元の中学に戻るわけにもいかない。あそこには、かつてのいじめっ子たちがいるからだ。義務教育なので籍だけは地元の中学に置くことになったが、私の足はどこにも向かなくなっていた。

母は、そんな私にしびれを切らしていた。

「なんであんたは、どこに行ってもいじめられるのよ！」

「わからない！　わからない！」

　私は、泣きじゃくった。本当に、わからなかったからだ。なぜ、自分だけがこんな目に遭うのか。どの学校に行っても、うまくいかないのか。いつもいじめの標的にされてしまうのか。なぜ？　なぜ？　私自身が一番その答えを知りたかった。

母の首を絞めた日

　私はそのままズルズルと、不登校生活へと突入していった。それは本格的な引きこもりのはじまりを意味した。もっとも多感な時期の引きこもりは、私の人生において大きなトラウマとなった。

　家から出られない生活は、心身ともにこたえる。引きこもりは、苦しい。とにかく苦しいのだ。

　自分だけが社会や学校から取り残されていると感じる。そして日々、自分がどうしようもないダメ人間に思えてきて、焦燥感が襲ってくる。自分はこの世界には存在してはいけない人間なのではないかと思えてくる。

　私は、真昼間に母の車でたまに出かけた。助手席に座った私はシートベルトを外し、必死に小さく体を丸めて姿を隠した。引きこもりは、やっぱり恥ずべき存在なのだ。それは、骨の髄まで母が私に植えつけた「恥」の感覚だったと思う。

考えてみれば私の心は、これまでの人生で幾度となく傷まみれになっていた。幼少期に母から虐待されたとき。母の敷いたレールから完全に外れてしまったとき。そして、こうやって、誰にも見つからないように身を縮めているとき。そうやって自分の存在を押し殺していると、いつしか致命傷になってどんどん苦しくなっていくのがわかる。

私は明るい時間帯に近所の住人に出くわし、じろじろと見られることが怖かった。ゴミ出しなどで私に出くわすと、近所の住民たちはハッとした顔をして、目を逸らす。

「子どもたちはみんな学校に行っている時間なのに、あの子は家にいるんだわ」と陰口をたたかれている気になる。本当はそうでなくても、ひたすら家の中に引きこもっていると精神状態が徐々におかしくなり、そんな被害妄想が私の中で少しずつ肥大化していった。

私は人目を極端に気にするようになってからは、昼間に出かけることをやめ、昼夜逆転の生活を送るようになった。

引きこもりの当初は、自宅学習をしようと意気込んでいた。勉強だけは遅れをとりたくなかったからだ。

しかし、家の中にいると無気力になり、机に向かう気力すら奪われ、それどころではなくなった。自室に引きこもってボーッとしたり、本を読んだりゲームをしたりして過ごしていた。不登校生徒の多くは、私のように勉強で遅れをとるらしい。私も例外ではなかった。

その頃から、私の家庭内暴力がはじまった。母親に向かって暴力を振るうようになったのだ。断っておくが、家庭内暴力は今なら絶対によくないことだとわかっている。

しかし、当時の私は、いつも行き場のない爆発寸前のマグマを煮えたぎらせていて、善悪の分別がついていなかった。いや、きっと分別はついていたはずだ。暴力は悪いことだと私も当然ながらわかっていた。しかし、どうしてもあふれ出る感情を抑えきれないのだ。

家庭内暴力のときに、たいていいつも話題に上ったのは、かつて母にされた虐待行為だ。

私の人生は、どうして狂ってしまったのか。ひたすら自分で自分を責め立てる日々――。

さらに、私は家に引きこもるようになってからというもの、時折襲い来る幼少期のフラッシュバックに悩まされるようになっていた。

だからこそ、私は母に過去の過ちを認めてほしかったのだ。家庭内暴力が起きる際に、いつも母が私にした暴力を責め立てた。

「あのとき、私を虐待したでしょ！　認めろよ！」

「そんなことはした覚えがないのよ」

信じられないことに、母は私への虐待を認めなかった。徹底的にしらを切った。やった、やってない、の激しい応酬が続く。

私は、母の虐待行為を激しくなじった。虐待親の多くは、子どもにその行為を問い詰められたとき、母親のような反応をするらしい。

あのとき、母が認めてくれたら、どんなによかっただろう。「ごめんね」の一言だけでも言ってくれたら、どれほど救われただろう。私は、母のその一言を長年、待ち焦がれていたからだ。けれども、母の口から、ついに最後までその言葉が出ることはなかった。

母は弱々しく、しまいには擦り切れた声で、「久美ちゃん、本当に覚えていないのよ。そんなことがあったなんて、お母さん、全然覚えてないの」と目を潤ませた。

「うそつけ!」

それを聞いた途端、やり場のない感情が怒涛のように押し寄せた。

無力な私は、あんなに苦しかったのに。あんなに、悲しかったのに――。全部、全部、お母さんは、なかったことにするの? じゃあ、あのときの私は、どうすればいいの。私はいったい、どうすればいいのよ!

私はどこかちぐはぐだった。確かに体は母よりも大きくなった。母がそんな私の威圧感におびえているのが伝わってくる。

それでも、幼い頃の私はずっと私の中で泣いている。今も苦しんでいる。

心がシャットダウンして、真っ白になる。みんなみんな消えてしまえばいい。心も体も、子どものように泣いていた。そして次の瞬間、煮えたぎるような怒りの感情に、私は全身を支配された。

　とっさのことだった。私は我を忘れて母親に襲いかかった。馬乗りになって首を絞めていた。誤解しないでほしいのだが、そのときの私は母に対して、たったの一ミリも、憎しみという感情はなかった。だから母を殺したかったわけではない。ただただ行き場のない悲しみが胸中に押し寄せ、それが濁流となって、全身の血という血が沸き立つような感覚である。それは、私自身がかろうじて保っていた理性をも、どこかへ追いやってしまう。

　今考えると、その先に暴力があったのだと思う。私たちはフローリングの上で上下にひっくり返り、激しい取っ組み合いになった。

　そのときの感覚は今でも覚えている。母は、驚くほど温かかった。私はなぜかそのとき、母の体温を感じていたのだ。なぜだか、私が触れた母はとてもとても温かかったのだ。

　そして、母が私に全身全霊で向き合ってくれているのを感じた。生きるか、死ぬか、という切羽詰まったあの感覚。それは、考えてみれば母に虐待されたあの幼稚園時代と同じあのとき、あの瞬間を彷彿《ほうふつ》とさせた。

「だれか、だれか、たすけてぇぇ！　ころされるぅぅ！」

　そのときの母は、子どものように泣きながら絶叫して、必死の抵抗を試みて、私の手から逃れようとしたと思う。そうして、私に噛みついたり蹴ったりした。

　今でも、あのときのことを思い出すと、胸がいっぱいになる。母は一瞬の隙をついて、命からがら家から飛び出した。ひっくり返ったテーブル、割れて飛び散った茶碗。倒れた本棚――。

ぐちゃぐちゃになった部屋は、無残そのものだった。私は荒れ果てた家を見て、泣きじゃくった。そして、すさまじい後悔の念に襲われた。

「お母さん、ごめんなさい！　ひどいことして、ごめんなさい！」

母がいない家。なんであんなことをしたのか、死にたくなった。その後、自殺未遂をしようと考えたこともある。そうしてやっぱり、私はいないほうがいい人間なんだと自らを責めた。そんなことが幾度となくあった。

母が、かつての虐待を完全に忘れていたのか、しらを切っているのか、どちらかは今もわからない。私にとっては、どちらでもいいのだ。

ただ一つ、言えること。あのとき、私が望んでいたこと。それは、母に認めてほしかったのだ、過去の過ちを――。そして、抱きしめてほしかったのだ。それが、母が私に正面から向き合うということにほかならないからだ。

私にとっては消し去りたい暗部で、目を背けたい出来事だが、自分を戒める懺悔の思いと共に、当時のことをありのままに記しておきたいと思う。

私は、おぞましいほどの家庭内暴力を、母に対して幾度となく繰り返した――。私たちはまさに死の瀬戸際にあった。お互いの生死を懸け、悲しみに満ちた苦闘は果てしなく、終わることがなかったのだ。

私にとって引きこもりは、耐えがたいストレスの連続だった。母は、私の家庭内暴力がいつ起きるか、ビクビクするようになっていた。私は、そんな母の態度にもイライラした。

〝人生が詰んだ〟私は、これからどうなってしまうのか。確かなのは、その先には闇しか広がっていないということだ。母が敷いたレールから外れてしまった私に、明るい未来なんてあるわけがないのだ。私は、日々押し寄せる不安でいっぱいだった。そして、その元凶をつくり出したのは、母なのだという怒りと悲しみに支配されていた。

私と母は、殺し殺されるほんの一歩手前にいたと思う。

不在の父の癇癪

何も知らない平穏な家庭に育った人から、そんな危機的な状態にあったときに父は何をしていたのか、と問われることがある。家庭は母だけで回っているわけではない。だから、いぶかしく思うのだろう。

後述するが、父の態度はじつに明確だった。つねに私たちの問題に無関心を装っていたのだ。よくある、わかりやすい不在の父、である。父はそうして崩壊し続ける家庭から、ひたすら目を背けて、見て見ぬふりをしていた。

その頃の父は、いつもピリピリしていて不機嫌だったように思う。父にとって家庭とはただの入れ物に過ぎず、出世で頭がいっぱいだった。いや、そう装っていただけなのかもしれない。毎日リビングで食事をして、新聞を読み、風呂に入り、バタンと戸が閉まる音がして、自室に引きこもる。

途端に私たちと父の間に壁が立ちふさがり、音信不通になる。仕事というのは言い訳だろう。父は目を背けたかったのだ。

私が引きこもっているとき、父親はひたすら教育法などの本を読み漁っていた。もちろん、児童のためでもなければ、私のためなんかでもない。それは、教務主任、教頭、そして校長試験と、出世街道を駆け上がっていくためだ。

家庭に無関心な父だったが、たった一回だけ、私の前で感情を露《あらわ》にしたことがある。それは、教頭試験の前日あたりだったと思う。あの瞬間を、私はいまだに忘れることができない。父が私の前で、まるで幼児のようにワーワーと泣きじゃくったからだ。

「お願いだから、俺のために、学校に行ってくれ！　出世に響くじゃないか！」

なぜあのとき突然、父が私にそんなことを言って感情をむき出しにしたのか、わからない。おそらく昇進試験に対して相当ナーバスになっていたのだろう。

教員の父にとって、不登校の娘がいることは大きな痛手で、脛《すね》に傷、目の上のたんこぶだったに違いない。自分の子どもも教育できないなんて——。そう後ろ指をさされかねないからだ。

それは思いどおりにならない幼児が、ただただ癇癪《かんしゃく》を起こす様子とそっくりだった。今思うと、父は大きな子どもだったのだと思う。父にとって、子どもはただのお飾り、パーツにすぎなかったのだ。

わが家庭を振り返ってみると、子どもが、子どもを生んだのだと思う。父も母も、家庭を築いてはいけない未熟な人間だった。

しかし、子どもにとっては、そんな親であってもそれがすべてである。そんな親でも、たった一人の、唯一無二の親なのだ。だから私は、ひたすら自分を責めた。父が出世できないのも私のせいなのだ、と。私なんか、生まれなければよかったのに！　何度も何度も、そう思った。そして、この世に生を受けた自分をひたすら呪った。

その頃から私は、本格的な自殺未遂をするようになった。

こんな人生なら死んだほうがましだと感じるようになったからだ。家の前の道路から車に飛び込んだり、首を吊ってみたり、二階から飛び降りたりもした。しかし、やはりどうしても死ぬのは怖かった。

第五章
金属のカプセル

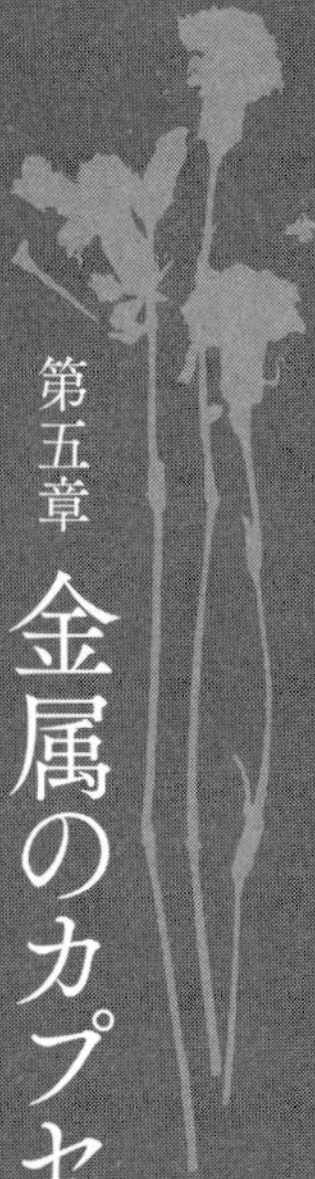

理不尽な「世界のからくり」

自宅に引きこもるようになってしばらくすると、ひょんなことから私は、図書館に通うようになった。

世間でイメージされる引きこもり像は、家から一歩も出ずに自室に引きこもっていると思われがちだが、実態は大きく違う。『コンビニは通える引きこもりたち』(久世芽亜里著、新潮新書)によると、統計上でも、引きこもりと言われている人の九割弱は、コンビニ程度の外出はできているのが実態だという。私もまさに同じだった。引きこもりの私にとってもっとも気になるのは、「近所の人の好奇の目」だった。それは何よりも母が、私を恥ずべき存在として扱ったからだ。

だから私は、人目が気にならないほど人があふれた街の雑踏や、見知らぬ他人ばかりの環境には外出することができたのだ。それもあって、日中、私は家の学区からなるべく遠い、街の中心地にある中央図書館に通うようになった。

母はたび重なる家庭内暴力の一件もあったせいか、私を持て余し、家から遠ざけたい様子だった。私も家に閉じこもっていては鬱々《うつうつ》とした気分になる。だから、私は母に車で送り迎えをしてもらうかたちで平日の昼間を図書館で過ごした。母としても、家に私がずっといて家庭内暴力が起きるよりは、ずっとましだと感じるようになったのだろう。

かつて、いじめられたとき、私は学校の図書室を逃げ場所にしていた。そして、引きこもり生活になってからも、やはりたくさんの本で埋め尽くされた図書館は、唯一そんな私を受け入れてくれる場所でもあったのだ。

街の大きな図書館なら、私の顔を知っている大人は誰もいない。だから、いつしか図書館は、自分の庭になっていた。

そして、私が図書館に入り浸るようになった理由――、それは、何よりも自分の生きづらさの原因を知りたかったからだ。

なぜ私は、こんなにも苦しいのか。なぜ母は、私を虐待したのか。母はマイホームも、公務員の妻という一生不自由しない生活も手に入れたのに、なぜ不幸そうなのか。私はなぜ大好きな母に暴力を振るってしまうのか。なぜ、どこに行ってもいじめられるのか。そして、なぜ学校には、どこもかしこもいじめが蔓延しているのか。

なぜ。なぜ。なぜ。

この理不尽な世界の成り立ちについて、私は何も知らなかった。そもそも知るすべもなかった。それは何の武器も持たずに、無防備なまま世の中に放り出されているのと同じことだった。

私はそのとき、はじめて「知ること、学ぶこと」の大切さを、身に染みてわかった。それは、周囲を覆い尽くしていた不気味な霧の正体を、手探りながら少し垣間見れたからだ。学校に行っていない私にとって不幸中の幸いだったのは、時間が無限にあったことだ。何気なく手に取った本の中から、社会学やフェミニズムという学問を知ったのは、その頃だ。

私は社会学者の宮台真司さんや、臨床心理士の信田さよ子さん、引きこもり研究の第一人者である精神科医の斎藤環さんなどの著書を無我夢中で読み漁った。家族という入れ物が、ガラガラと内部で音を立てて崩れ落ちている感覚。そんな九〇年代のいびつさを描いた事件もののノンフィクションも、これでもかと乱読した。私にとってそれは、身に迫る命の危機を乗り切るための糧であり、リアル以外の何物でもなかったからだ。

その中でわかったのは、母や私の苦しみは、けっして自分特有のものではなかったということだ。つまり、私と同じ状況で悩んでいる母子たちが、日本中にごまんといることを知った。

引きこもり、いじめ、虐待、校内暴力、家庭内暴力、不登校——。その頃、九〇年代を象徴するいびつな社会現象が世の中を騒がせていた。しかし、そこにあったのは、家庭の問題が起きる歴史的な経緯や背景だった。自分を殺して家庭という牢獄に閉じ込められてしまった女性の生きづらさである。それは、母の生きづらさと重なるものがあった。

読書体験を通じた衝撃的な目覚めは、私にとって巨大だった母が、「小さな点」かもしれないと思えた瞬間にある。

九〇年代、多くの母親たちが私と似た地方のニュータウンに住み、行き場のない鬱屈や苦しみを抱えていたようだ。そう、私の母と同じように——。しかし、国や社会はそれに目を向けることはなかった。

私は引きこもりという過酷な状況の中に身を置きながらも、たくさんの書籍から得た知識によって、自分が社会のどこに位置しているのか、そしてその苦しみの正体を、ほんの少しだけではあったが俯瞰することができた。

大人たちの言葉は、中学生の私にとってはときに難解な内容だった。それでも、私一人で抱えていた理不尽な「世界のからくり」が次々に解き明かされていく様は、まさに目から鱗だった。

酒鬼薔薇聖斗は私だったかもしれない

私が不登校の真っ只中だった一四歳のとき、神戸の連続児童殺傷事件のニュースが飛び込んできた。

「神戸の犯人、あんたと同じ、一四歳だって!!」

母の絶叫が響いたとき、私は自室でテレビゲームに明け暮れていた。たぶん夕方だったと思う。テレビのニュース速報のテロップが駆け巡り、アナウンサーが慌てた口調で何度も何度も同じことを繰り返しているのを、私は母と共にただただ見つめていた。そして、それから何時間もテレビに釘付けになった。私と母は、言葉を失っていた。

そのときの私の偽らざる心境は、「ようやく母の望んだデカい一発が、やってきた」というものだった。

ヘリコプターが空撮で映し出している、事件現場である中学校の校門。そして、新興住宅地――。タンク山からの風景を見た瞬間、それは私が住んでいるこのニュータウンとそっくりに見えた。私の家の近くにも、森が生い茂った子どもの遊び場所があったからだ。私も一歩間違っていたら、誰かを殺していたかもしれない。今も、そう思うときがある。

私が住んでいたニュータウンには、本当にいろいろな狂気が渦巻いていたと思う。母の専業主婦仲間は精神疾患に悩んでいたし、マルチ商法や新興宗教があちこちで跋扈《ばっこ》していた。母も例外ではなく、これらにハマり、大量の高級な鍋やグッズやらを購入してその餌食になっていた。

引きこもりであった私にとって、家はよくも悪くも監獄のようなものだ。檻の中であれば、どこでも好きな場所に移動することはできるし、親がいる限りは食べ物も支給される。しかし、そこが檻であることに、何ら変わりはない。私の前には、目に見えないバリアがある。青い空はあまりに眩しすぎて直視できないし、近所を自由に歩くことだってできない息苦しさがつきまとっている。

当時、ワイドショーを賑わせた一四歳の少年には、同世代の若者たちから同情の手紙が大量に集まっていた。

昨今、私と同じ一九八二年生まれの引きこもりが起こした事件が何かと話題に上ることが増えた。一歩間違えばあれは私だったのではないかと、今でも思わずにはいられない。

しかし、もしかしてあのとき、そんな息苦しさを感じていたのが私だけではないとしたら、日本社会全体がそんな狂気をはらんでいたとしたら――。そのぐらいあの九〇年代の空気感は、爆発寸前にまで張り詰めていたように思う。母はいわば、そんないびつな時代の写し鏡でもあり、その申し子が私でもあった。

そんな中で、神戸の連続児童殺傷事件は起きた。私と同じまだ一四歳の、痛ましくも残忍で衝撃的な犯行――。それは、まさに激震だった。もちろん人を殺《あや》める行為は、どんな理由があろうとも決して許されることでないのは言うまでもない。

私は何とかギリギリのところで親を殺すこともなく、殺されることもなく、そして見知らぬ誰かを殺すこともなく、なんとか一四歳をやり過ごした。

それはやっぱり、たくさんの本たちが私の味方になったからだと思う。いや、正確には本ではない。本たちを通じて、私がまだ見ぬこの広い世界には、何の力もない未成年の声なき声に寄り添い、味方になってくれる大人がいると知ったことが大きかった。その手触り、想像力こそが、私をこの世界に引き止めるストッパーの役割を辛うじて果たしてくれたのだ。

特に感銘を受けたのは、桜井亜美さんという小説家だった。彼女が紡ぎ出す小説は、私たちの世代の声なき声を代弁していた。

桜井亜美さんの『14 fourteen』は、まさに神戸の連続児童殺傷事件の犯人である酒鬼薔薇聖斗をモチーフにした一九九七年の作品だ。この作品は、当時一四歳だった私の心境とどこまでもシンクロしていた。大人の中にも、私たちのことをわかってくれる人たちがいる。それは親も学校も信用できない孤独な少女であった私にとって、一縷《いちる》の希望でもあった。

図書館がなかったら、どうなっていただろう。

もしかしたら、家庭内暴力の末に、母を殺めていたかもしれない。それだけではなく、同世代の酒鬼薔薇聖斗のように、世間を揺るがすような大事件を起こしていたかもしれない。いずれにしても、今の私は存在しなかったと思う。

『エヴァ』シンジとのシンクロ

もう一つ、私が多大な影響を受けた作品がある。それが九〇年代を代表するアニメ、『新世紀エヴァンゲリオン』だ。

『エヴァ』を知ったのは、何気なくつけたテレビから、主人公の一四歳の少年である碇シンジの「逃げちゃダメだ！」という、叫びとも悲鳴ともつかない切実な声を聞いたのがきっかけだった。それからというもの、私は『エヴァ』にすっかり夢中になった。そしてシンジの心象風景に自分を重ね合わせた。奇しくも『エヴァ』は、まさに私と同世代の一四歳の少年少女が主人公の物語である。

父親との関係に苦しむシンジはまさに、私そのものだった。画面の向こうのシンジは、父の愛を求めている。汎用人型決戦兵器である人造人間のエヴァに乗ることで、父親から褒めてもらえるシンジ。しかし父は、エヴァに乗ったシンジしか認めない「条件付きの愛」しかくれない。

シンジはそんな父の挙動に苦悩し、その都度裏切られ続ける。また、「私を見て！」と優等生を演じ続けるアスカにも、私は自分が抱えていた痛々しさと同じものを感じた。

親からの承認を巡る、思春期の少年少女の痛々しいまでの葛藤――。そこに私は釘付けになった。それは「承認」や「愛」を求めてきた挙句、ただひたすら母の手足となって、結果としてガス欠を起こした私と彼らが、瓜二つに見えたからだ。

エヴァに乗っても結果を出せずに精神的に疲弊し、ぼろぼろになってしまうアスカを見て、私はとてつもなく心が痛んだものだ。

その頃の私は、薄々気づいていた。引きこもりの今となっては、母にとってすっかり利用価値のなくなった私。それどころか、ただの厄介者に過ぎない。では、私とはいったい何なのか。なぜ、まだ生きているのか――。毎日毎日、問い続ける日々が続いていた。

私は、テレビ越しに激しく傷つき苦悶する一四歳のキャラたちに共感して、彼らを仲間だと思うようになった。まだビデオテープが全盛だった九〇年代、私はテレビで放映された『エヴァ』をビデオテープに録画して、何度も何度も見返した。

それだけでは飽き足らず、書店に売っていたポスターを一枚ずつ買い集め、自室をエヴァのキャラのポスターで張り巡らしていった。引きこもりでたった一人、部屋で孤立していた私に友人は一人もいなかったが、テレビの中のシンジやアスカの姿を見ているときは、ホッとすることができたからだ。

一四歳の私の部屋を覆っているのは、アイドルのポスターでもなく、ディズニーのぬいぐるみでもなく、エヴァのキャラクターたちだった。今考えると私の部屋は、およそ「普通の女の子」とはかけ離れた、ある意味、異様な様相を呈していたと思う。

親や教師に絶望していた私にとって、エヴァのキャラに囲まれたこの自室だけが、安息の場所だった。当時のエヴァというと、その難解な設定が記憶にある人も多いと思う。そのため謎本や分析本が巷にあふれていたし、議論の対象になっていた。

私も古本屋でそれらの謎本を見つけては買い漁ったが、正直その内容は一四歳の私にとってはどうでもいいものだった記憶がある。私にとって大事なのは、シンジやアスカの苦しみが、当時の私の母に対する苦しみと激しくシンクロし、それが結果的に癒やしとして機能していたということなのだ。

私の綱渡りのギリギリの思春期は、エヴァのキャラたちに支えられ、過ぎていった。

生きづらさを抱えていた私は、いつだって「死」を考えていた。そんな私にとって、もう一つの衝撃作が、前述の『完全自殺マニュアル』だ。はじめて手にしたのは、古本屋だったか、図書館だったたか。

本書は、そのセンセーショナルな内容によって物議を醸したが、一四歳の私にとっては、生きながらえるために「お守り」として機能した本だと言える。

とにかく『完全自殺マニュアル』には、たくさんの自殺の方法が載っていた。しかし、私はその中身を真剣に読むことはなかったと思う。それよりも私の支えになったのは、本書に書かれた鶴見済さんのその前書きだ。

そこには、エンジェル・ダストという強烈なドラッグを、金属のカプセルに入れてネックレスにして、肌身離さず持ち歩いている鶴見さんの知人の話が出てくる。

「いざとなれば、これ飲んで死んじゃえばいいんだから」

鶴見さんは、「この本がその金属のカプセルみたいなものになればいい」と、前書きを締めくくっている。この本の鶴見さんの言葉は、誰よりも優しく、私の心に染み入った。

そして、生きづらさを抱えていた私に寄り添ってくれるものだった。

私は、この前書きを数え切れないほど読み返した。そして目をはらすほど泣いた。もう私には、価値がない。とにかく生きるのが、つらい。苦しい。死にたい。しんどい。どうすればいいかわからない。すべてを終わらせたい。そんな無限ループの中をさまようしかなかった私。

だけど、いざとなれば死んじゃえばいい――。そう思うと、張り詰めていた私の心はスッと楽になった気がしたからだ。

それは逆説的だが、親も、教師も、誰も教えてくれなかった一種の救いでもあった。本書はまさに鶴見さんの言葉どおり、私のお守りとなったのだ。私は枕元にいつもこの本を忍ばせた。そして、私が生きている同じ日本の中に、鶴見済さんという理解者がいるという事実に思いを馳せた。

この本があれば、私は確かにいつだって死ねる。この世界からぷつりと消えることができる。だけど、今この瞬間もどうしようもなく、私はかろうじて生きている。だからこの本と共に、もう少し生きてみようか。そう思えたのだ。

鶴見さんの優しい言葉がなかったら、今の私はないかもしれない。

私は孤立無援ではあったが、書物やアニメ、映画といったメディアの中に、小さな希望を見出すことで、日々何とか命をつないでいたのだと思う。

たった一人の卒業式

それでも、非情にも時間だけは流れていく。一年が過ぎて、二年が過ぎた。引きこもりの私の日常は、代わり映えがしなかった。昼間は図書館に行ったりして時間をつぶす。たまに、担任の男性教師が家に訪ねて来る。その日は何となく顔を合わせる。それだけだ。

中学校は義務教育である。教師は不登校のマニュアルどおりに、定期的に家庭訪問してくる。不登校生徒宅への訪問という、既成事実をつくらなければならないからだ。教師が本心で私のことを心配し、会いにきているわけではないことを私は知っていた。

すべてがうんざりだった。名ばかりの担任の教師も、おどけたような女性の副担任も、真剣に思っているふりをしているだけで、本当は私のことなんて、どうだっていいのだ。

親も大人も、すべてが信用できない。ただ私は彼らを困らせることは本意ではなかった。大人社会には大人社会のルールがあって、彼らはあくまでサラリーマン的な対応をしているにすぎない。だから彼らの訪問の際には、しぶしぶ顔を合わせる日々を続けていた。

そして、中学三年の終わり――、私はいよいよ瀬戸際を迎えた。ダラダラと引きこもりを続けてきた私だが、これからの進路をどうするのか、決めなければならない。しかし、二年間も引きこもりを続けた私は、学業の遅れが著しかった。何より学校に行くと必ず、いじめが待ち受けているのではないかという恐怖心に支配されていた。

周囲の大人たちである母と教師の答えは決まっていた。それは、学校に行かなくてもいい。とりあえず高校にかたちだけでも進学して、籍だけ置いておいてほしい、というものだ――。

教師は、「卒業」という名目で私を追い出して、無罪放免になりたいということがアリアリと伝わってきた。そのためには体裁上、私の「高校進学」という既成事実が欲しいのは明らかだった。それは、世間体を人一倍気にしている母も同じであった。私の家庭内暴力や引きこもり生活にほとほと疲弊していた母は、その頃になると、どんな学校でもいいからとにかく進学して、私が高校生という身分にさえなってくれれば万々歳だと考えていたようだ。

いつだって大人たちは自分たちの体裁を気にする。母はそのもっとも身近な体現者だ。

私は彼らに言われるがままに、受けたら誰でも入れるという噂の底辺私立高校を受験した。そして予定どおり、ほぼ赤点にもかかわらず、なぜだか高校に無事合格（！）し、その高校にとりあえず「籍」だけを置くことになった。中学三年間、ほとんど出席日数がなかったのに、だ。それは、もはや滑稽なドタバタ劇だったと思う。

そして一五歳の誕生日を迎えたとき、私は在籍していた地元の中学校を卒業した。いや、自動的に卒業させられた。

笑ってしまうのは、カメラマンが卒業アルバムの写真撮影に家までやってきたことだ。学校に一日しか行っていない私は、クラスメイトと共に集合写真を撮ることはできない。だから、カメラマンが私一人の写真を撮りにきたのだ。

いつか私が大事件を起こしたら、この卒業アルバムが掘り起こされるのだろうか——なんてことをぼんやりと思いながら、私はカメラマンに言われるがままに無表情でポーズをとり、シャッター音とフラッシュを浴びた。

一日しか通わなかった中学校の、卒業アルバム——。それを開くと、集合写真の左上の囲みには、血色のない真っ白な肌で、うつろな目をした私が写っている。それは、私にとってはまさに、引きこもりという黒歴史を象徴していた。

卒業式の日のことは、今も鮮明に覚えている。

卒業証書だけは校長から受け取ってほしい。卒業式の日は、お願いだから学校に来てほしい。体育館でおこなわれる式に参列しろとは言わない、校長室でいいから、どうか登校してくれないか。そう、担任に懇願されたのだ。

数日悩んだ挙句、私は卒業式の日、学校に行くことにした。卒業式の当日、一度しか着たことのない制服に、二年ぶりに袖を通した。そして、母が運転する車で中学校に向かった。中学校までの道のりはやっぱり、怖くて仕方なかった。晴れやかな青空の下、キャーキャーという女子生徒の無邪気な笑い声が聞こえる。しかし私の心は、こわばっていた。

学校の近くに車を停め、私は震えながら、彼女たちから身を隠すように、車の助手席の下にうずくまって姿を隠した。誰にもこの姿を見られたくなかった。そして、多くの生徒が下校して姿が見えなくなったあと、二年ぶりに校門をくぐった。そして案内されるがまま、入り口にある校長室へと足を踏み入れた。

そのときの参列者は、担任と、副担任と、母親、校長、副校長だった気がする。

そうして校長室でたった一人、大人たちに囲まれて卒業証書を受け取った。そのとき、ずっと部屋の片隅で凍えていた私が、突然まばゆいばかりの張りぼてのステージに上げられた気がした。すべてが無意味で、欺瞞《ぎまん》だらけのこの無駄に晴れやかな空間――。

なぜ、私はここにいるのか。私の手に渡された小さな紙切れは、私にとって何の意味があるというのだろう。誰も、誰も、私をこの世界から救い出してはくれなかった、というのに。

「菅野さん、卒業、おめでとう」「おめでとう」「おめでとう！」

大人たちから次々に声をかけられる。誰が校長で、誰が副校長なのか。私の目はぼんやりとしていて、もはや誰が誰だかわからない。誰でもいい。そのときの母は、どんな顔をしていただろう。覚えていない。しかし、母にとってこの瞬間が、思いもしなかった娘の一つのバッドエンドになったのは間違いなかっただろう。

そのとき、きっと母の人生も終わりを迎えたのかもしれない。私も、それを嫌というほどにわかっていた。だからたった一人の卒業式は、私にとって屈辱以外の何物でもなく、みじめな瞬間でしかなかったのだ。

私は、母が敷いた輝かしい成功のレールを完全に外れた。私はもう、母が望んだエリートコースは歩めない。もう私には、母の望んだ人生を生きることはできない。引きこもりの末に流れ着いたのは、母がかつてもっとも嫌悪していた、最低の学力レベルの底辺校なのだから。

今後の人生は、もはや私にとっては人生なんかじゃない。いわば残りの人生をゾンビのように、フラフラとさまようのだ。半分死んだようにして、灰色の人生を生きるしかないのだ、と——。進学コースから外れた私にとって、これから待ち受けているのは、屍《しかばね》のような人生しか想像がつかなかった。

私の人生は、〝完全に詰んだ〟のだ。そう思うと、深い絶望が心と体にじわじわと染み入ってきて、吐き気がした。

しかし、今思うと、それは母によって植えつけられた一種の洗脳に近かったと思う。

二年ぶりの授業

私は、高校は受かったものの、まともに登校するつもりはなく、引きこもり生活を続けるつもりだった。しかし例のごとく、「入学式だけは、行ってくれ」と母に懇願されたこともあり、入学式だけは参加することにした。

いざ登校してみるとそこは、これまでの学校とは一八〇度違うことがわかった。私が終始引きつった顔をしていると、後ろの席の女の子が、私ににっこりと無邪気に笑いかけてくれた。私はそんな笑顔を持つクラスメイトに、生まれてはじめて会った。彼女は少し気恥ずかしそうな表情を浮かべて、自ら自己紹介をしてくれた。

「私、〇〇。じつは県立高校、落ちちゃってさ。だから、ここにいるんだ。よろしくね」

彼女の屈託のない笑顔に戸惑いを隠せなかった。何か裏があるのではないか、とすら思った。しかし彼女からは、ただの人のよさしか伝わってこない。

かつて私が通っていた新興住宅地やブランド私立中学は、つねに殺伐としていて陰湿な雰囲気が漂っていた。しかし、この学校を取り巻く雰囲気は、それとはまったく真逆だった。クラスメイトは男子も女子も基本的に心根が優しい子が多く、みんなおっとりした子ばかりだった。私は、これまでの中学時代の人間関係との落差に驚くと共に、家に帰ってから、また「あの子」に会いたいと感じた。何よりも、高校が離れているのもあって、私の過去を知る者は誰もいない点が功を奏したとも言えた。

そして、私は入学式のみならず翌日も、そして翌々日も、恐る恐る学校の門をくぐった。二年ぶりの授業。お昼になると、クラスメイトの女子たちとお弁当を広げる。そんな当たり前の光景は、二年にもおよぶ不登校生活といじめを受けていた私にとって、とても新鮮だった。

私がすんなりとクラスに馴染めた理由――、それは私の高校が、県内の落ちこぼれの生徒たちの受け皿の役割を果たしていたのが大きかったと思う。勉強が極端にできない子、私のように過去にいじめられた子、不良などもいる。ウチの高校は、そういったどこにも行き場のない子たちの最後の砦なのだ。

そのような事情もあって、よく他校からも訳アリの生徒が、突然編入してきたりもした。クラスメイトである私たちも、それはよくわかっていた。だからどんな子たちも、温かく受け入れる空気があったのだと思う。

それもあって、私は高校生になってはじめて、クラスに自分の居場所を見つけた。

二年間不登校だったハンデはもちろんあった。苦手な数学では赤点ばかりで苦戦させられた。そのときは追加の提出物で何とかカバーすることができた。そもそも底辺校ということもあって、私と同じくらいの学力レベルの生徒もざらにいた。しかし、授業で教える内容はできない生徒に合わせているので、それ以外の教科では特に苦労することはなかった。

そのため私は、数学以外では高得点を取ることができた。だから、クラスの落ちこぼれであることに変わりはないが、気のいい男子たちにこっそりとカンペを回したりして、重宝されたこともあった。

私は、他校から編入してきたある子と親友になった。彼女は他校でいじめに遭って、うちの高校に編入してきたらしい。私は彼女のピュアさに、どことなく惹かれるものがあった。仲よくなるうちに、彼女が今で言うヤングケアラーであることがわかった。

私は彼女と学校の帰りにファストフードをつまみながら、彼女の複雑な家庭の話を聞いた。この年で、障害のあるきょうだいの世話を彼女が一手に引き受けていること。生涯、きょうだいの面倒を自分が見ると決めていること。

私は彼女の話を黙って聞きながら、これまで私が想像したことのないさまざまな家庭があり、そこにはそれぞれの人生があることを知った。

五〇〇円のミニスカート

高校には、本当にいろいろな子がいた。そもそも私たちのクラスには、高校卒業後に大学や専門学校に進学せず、自衛隊や実家の家業を継ぐなどの道を辿る子たちも多かった。

それは、これまで母が徹底的に軽蔑していた、進学を目指さない家庭の子どもたちである。そして彼らは、私がこれまでの人生でほとんど接したことのないタイプの子たちでもあった。中にはいわゆる不良の男子もいたし、今のパパ活とも言える援助交際をしている女子たちもいた。

当時は、援助交際やテレクラはだいぶ下火だったが、それでも地方ではまだまだ活況を呈していた。私はたびたび援助交際をしている子とも、とても親しくなった。

そして、その子と一緒に放課後にテレクラに電話をかけたりもした。当時、私は男性経験がなかったので勇気が出ず、最終的に援助交際をすることはなかった。しかし、その子と一緒に過ごす時間は、それだけで刺激的だった。年上の大学生の彼氏のこと、セックスのこと、援助交際の相手のこと、彼女は性の話を明け透けに私に話してくれた。引きこもり生活を送っていた私にとって彼女の話すことのすべてが未知の世界の話で、日々驚きの連続だった。

その子には、高校に進学せずにパン屋でバイトしている、見た目が「ザ・ギャル」と形容するしかない親友がいた。私は、いつしかその子とも仲よくなり、よく三人で遊ぶようになった。

はじめて彼女を紹介された日のことを、私はいまだに覚えている。

彼女は私に会うなり、まず私の服装に驚き、笑い転げたからだ。

当時、私は量販店のズボンに、ヨレヨレのTシャツをよく着ていた。しかし、ギャルの彼女にとっては、私のその服装がよほどおかしかったらしい。

彼女は、すかさず私の服装に「ダサいって！」とツッコミを入れた。さらに男性経験がないと言うと、「えー！　それはヤバいって！　信じられない！」と、口をあんぐりと開けた。

しかし、彼女たちが私のことを異星人として見ていたのと同じく、私も彼女たちを異星人として見ていた。彼女たちの言葉は本音そのままで、表現も強いが、根底にはどこか博愛的な優しさがあった。彼女たちは何よりも私をおもしろがって、仲間に引き入れてくれたのだ。私は彼女たちに親しみを覚え、いつしか大好きになっていた。

彼女たちの世界の掟（！）によると、高校生で処女は、「ありえない！」ことらしい。彼女は私のことを心底不憫《ふびん》に思ったらしく、迅速に彼氏ができるようにと、親切心で何かとお節介を焼いてくれた。

そして「まずは、服装からだな」と、私をギャルご用達の激安ショップに連れて行った。

私はそこで、今まで着たこともないタイプの洋服をはじめて着た。それは、パンツがギリギリ見えそうな丈の五〇〇円のミニスカートだった。すべてギャルの友だちがセレクトしたものである。

「これ、履くの⁉」

私は、戸惑った。はじめは顔から火が出るほど恥ずかしかった。人前で肌を見せて歩くことなんて、これまで考えられなかったからだ。小さな罪悪感が頭をもたげてくる。母によって徹底的に女性性を摘み取られてきた私がやってはいけないことで、感じてはいけない感情だったからだ。

しかし、彼女たちの「スカート、めちゃ似合ってるよ!」というキャーキャー声で、何かが吹き飛ぶのがわかった。そのときの私は純粋に嬉しかったのだと思う。私はきっと、こういう「女の子」に本当はなってみたかったのだ。何度も何度もお店の鏡で自分の姿を凝視しているうちに、徐々にミニスカから覗く生足も悪くないかもしれないと思えてきた。

しかし、それは母にはけっして知られてはいけない、私だけの秘密の姿だった。母は、そんな私の姿を見たら、怒り狂うに決まっている。だから、私は五〇〇円のミニスカートを学校のカバンに入れて持ち歩いた。そして、学校や家では優等生の仮面をかぶりつつ、放課後、彼女たちと街を歩くときだけそのスカートを履いた。

母の呪縛によって長らく抑圧してきた女性性——、女性である私自身をまるごと受け入れること、その心地よさをはじめて知ったとき、高校生になった私の世界は広がっていったのだ。

私は、しだいに理解しはじめた。母に教えられた以外の世界が、確かに存在すること――。いい高校、いい大学に進学する以外にも、人にはそれぞれの人生があって、そこに優劣はつけられないし、かけがえのないものなのだ、ということを。

そう思うと肩の力が抜けて、スッと楽になるのがわかった。私は私の目で、この世界を見はじめていた。

私にとって高校時代は、それまで見ていた世界をひっくり返す過程だった。

『エヴァ』の話ができる男の子のクラスメイトもできたし、若い国語の先生と仲よくなり、プライベートでも食事をしたり、映画を見たりする関係にもなった。それを考えると高校生活は、これまでの人生で一番幸せな時間だったと思う。

人生終了、だと思って入った高校。目の前のグレーな世界が反転する感覚。そして私の人生が、色彩を取り戻していく感覚。ダメな自分をひたすら恨んだ日々。母が心の底からバカにしていた高校――。

だけど、そこには私の大好きな人たちがいる。その大いなる矛盾の中に身を置くことで、私はこれまでの価値観について、どこか不思議でちぐはぐな思いを抱くようになっていったのだ。

この頃からだろうか。母が絶対、でなくなったのは——。私はこれまで母に植えつけられた価値観を、少しずつ疑いはじめるようになっていた。私は母に心底縛られていたのではないか。母の言ういい高校、いい大学に行くことが、人生のすべてじゃない。母の敷いたレールが絶対じゃない。だって現に私の周りには、こんなに優しい人たちがいる。それは、母がこれまでの人生で、「こうなってはいけない」と教えてきた人たちだった。

母の学歴信仰の洗脳が少しずつ現実の人間関係によって解けていくのを、私は感じていた。とても心地のいい解放感と共に——。

この社会は母が教えたような狭い世界ではなく、もっともっと豊かなのではないだろうか。私は、広い世界を知りたい。いろいろな人と知り合いたい。人の優しさに触れたい。さらにその素晴らしさを表現できるようになったら、どんなに素敵だろうか。

その頃から、私は人物ノンフィクションをたくさんむさぼり読むようになった。

特にノンフィクション作家の永沢光雄さんには影響を受けた。永沢さんといえば、AV女優の赤裸々な半生を描いたインタビュー集『AV女優』シリーズが有名だが、そのほかにも、『強くて淋しい男たち』という傑作がある。私はリアルな高校生活と本の世界を行き来しつつ、人間の多面性や豊かさにたくさん触れていった。

そして、いつか本の世界にかかわりたい、と漠然と夢見るようになった。私は、母が私から覆い隠そうとしていた世界を、この目でしっかり見るのだ。世界の手触りを自分自身の手で確かめるのだ。
そう、決意した。

『日本一醜い親への手紙』との出合い

高校一年のある日、私は行きつけのブックオフで、ある一冊の本と運命的な出合いを果たす。それは、私がいつもチェックしている一〇〇円コーナーに何気なく並んでいた。私はまずそのタイトルに、思わず驚愕した。『日本一醜い親への手紙』という衝撃的なものだったからだ。私は、この本をこっそりと買い、食い入るように目を通した。

そこには、九歳から八一歳までの当事者による「親への手紙」が綴られていた。しかもそこに並んでいるのは、どれも親への感謝の言葉ではない。親への憎しみの言葉なのだ。

私はそのとき、一七歳だった。私がもっとも感銘を受けたのは、七〇代の高齢者の男性の投稿だ。

もうすぐ、あっちの世界に行きますが……という一文には思わずハッとさせられた。この人の人生は確かに残りわずかだ。長年にわたってこの人は、たった一人で親への思いを抱えていたのかもしれない。しかも、昔は親を尊敬すべきという風潮が今よりも強かったはずだ。それは、どれほどの苦しみだったのだろうか。思わず目頭が熱くなっている自分がいた。

逆に私よりもずっと幼い子どもの手紙もあった。この子は親の目を盗んで、必死に原稿用紙に文字を書き、封筒に入れて投稿したのだろうか。そんなことをあれこれ考えていると切なくなり、胸がキュッと締めつけられるようだった。

高校時代に入ってからというもの、私の母親に対するアンビバレントなもやもやは、強くなっていた。母はこれまでどおり絶対的な存在であることに変わりはなかった。けれども、この頃になると、それと同時に母に対する微妙な違和感も抱くようになっていたのも事実だ。

私は、そんな心の苦しみを誰にも打ち明けられず、たった一人、母への愛憎と葛藤していた。親を大事にしなさい――、教師も、世間も、それしか教えようとしない。だから、私はおかしいのではないか、と自分自身を責める日々が続いていた――。それは、まさに孤立無援の日々で、苦しみの連続だったと言える。スマホやＳＮＳが登場する前の時代、本や雑誌がもっとも貴重な情報源だった。

そんな私にとって『日本一醜い親への手紙』は、強力なバイブルとなった。何よりも、親を憎んでいる当事者の生の声というのが大きかった。

「親を憎んでもいいんだ！　嫌いになってもいいんだ！　私は、おかしくなんかないいんだ」

この本との出合いによって、私ははじめてそう思えた。その感覚は、私の人生を変えるほどに、大きな勇気となった。

私は、この本を抱きしめた。何度も、何度も。そうして寝るときは、鶴見さんの本と共に枕元に忍ばせた。まるでこの本を親友のように、カバンに入れて学校にも持って行った。私は、この本と一緒に眠って、起きた。朝起きるとこの本は、確かに私と共にある。その事実にホッとしている自分がいた。この本が横にあるだけで、私は生きていていいんだと思えてくるのだ。

そうしてボロボロになるまで読み込み、中に登場するたくさんの人々に思いを馳せた。肉体としての私は、親と暮らしている地方在住のただの高校生だ。そして未成年の私は、経済的にも親に依存していて、この新興住宅地の家という牢獄から出ることはできない。しかし、たくさんの同じ思いを抱える仲間たちが日本全国にいる。

彼らは、私と同じときを生きている。そして私とどこかでつながっている。

確かにこの本に登場する彼らと一緒に、寝起きをしている。そう思えたことで、それまで暗闇だった世界が一気に明るくなったのだ。

もちろん、私の周囲にも親への愚痴を言う級友はいた。しかし、そこまで親への絶望は深くなかったように思う。親への不満を抱いていたとしても、それは結局、愚痴レベルだった。クラスを見渡しても、私ほど親への愛憎を抱えている級友は、どこにもいなかった。そんな私にとって、『日本一醜い親への手紙』の投稿者たちこそが、本当の意味での「親友」に映った。

私は仲間を手に入れたのだ。本という水平線の向こう側に——。

考えてみれば、私にはさまざまな曲がり角があった。親に殺されかけたし、そして、親を殺しかけた。それでもすんでのところで思い留まり、かろうじて生き延びたのは、どこかこうした本の向こう側の人々と「つながっている」という感覚があったからだと思う。

会ったこともないが、彼らは私にとっては同志だった。それは一方的な恋愛感情のような勝手な思い込みかもしれない。しかし一七歳の私は、この本に登場する、同じ思いを抱えている人たちがいるということが大きな精神的支えになった。そうして『日本一醜い親への手紙』と共に、私の爆発寸前のギリギリの一七歳は、過ぎていった。

高校を卒業すると、私は大好きな『エヴァ』の監督の庵野秀明監督の出身校である大阪芸術大学の映像学科へと進学した。永沢光雄さんも本校の出身者だったからだ。

この段階になると、もはや両親は私には大学にだけ進学してくれればいいと考えていたようで、反対はしなかった。再び引きこもって家庭内暴力が起こるよりは、さっさと家から離れてくれたほうがいいと考えたのだろう。そもそももっぱらの関心は、母がもっとも愛すべき弟の高校進学や部活動に移っていて、それで頭がいっぱいだったというのも大きい。やっぱり母にとって弟は、私とは違って特別な存在だった。

私は大学に進学し、はじめて一人暮らしをして親元を離れた。学生時代は、生きづらさをテーマにした実験映像や、フェミニズムをテーマにしたドキュメンタリーを撮った。

考えてみれば私にとっての大学時代は、母からもっとも遠ざかり、自由になれた時期だったのかもしれない。

第六章

母の見えない傷

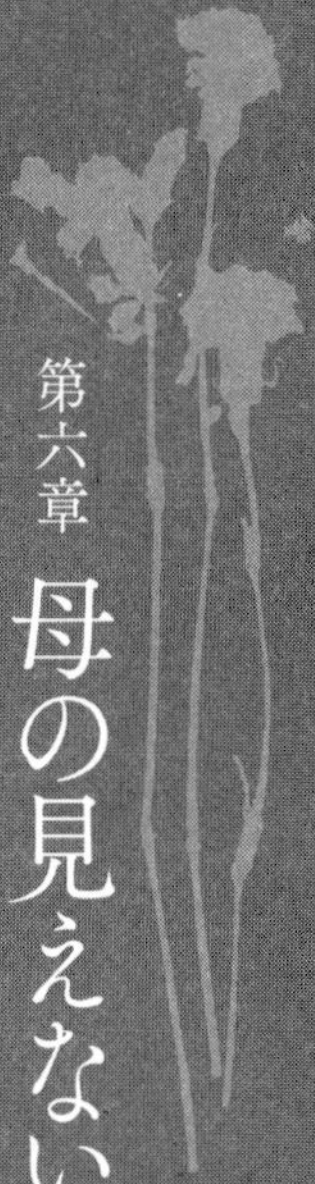

母が父に見た「かつての自分」

母の呪縛から逃れるには、母親研究することだという。それを知ったのは、臨床心理士の信田さよ子さんのオンラインセミナーだった。私はこの言葉に、衝撃を受けた。信田さんはご著書、『増補新版　ザ・ママの研究』（新曜社）のあとがきでも、こう書いている。

「なんとか押し潰されず、母から距離を取るためには、娘たちがつながらなくてはならない。つながるとは、まず『自分だけではない』と知ることだ。そして、『母親研究』することだ。

研究は母親を対象化することであり、ドローンのように斜め上から俯瞰することである。この視点、この位置を獲得することで、これからの長い人生を、少しだけ母から解放されて生きていけるはずだ」

それからというもの、母を客観的に見てみようと心に決めた。私にとってはとてつもなく強大な母だが、そんな母の秘密は、まだ私が生まれる前の「幼少期」にあるはずだ。そして母を生み、育てたのは祖父母である。だから、私はここであらためて母の生い立ちを振り返ってみたいと思う。

祖父は、太平洋戦争に行って命からがら地元の宮崎に帰還。戦後の復興のさなかに小さな建設会社を立ち上げて、成功した。祖母は助産師だった。二人は、お見合いで結婚したらしい。

母のきょうだいは、女系が多かった。母は、五人きょうだいの四番目だった。姉、姉、兄、母、妹の順になる。長男以外は、きょうだいの全員が女性——。それが母のゆがんだ成育歴に影を落としたのだと私は分析している。

母から何度も口酸っぱく聞かされたのは、とにかく母は幼少期に、祖父母にほぼネグレクトされて育ったということだ。母のきょうだいへの恨み節を、私はこれでもかというほどに聞かされていた。

長女は最初に生まれた子だから、大切にされた。次女は人一倍、勉強ができたからよく褒められた。長男は唯一の男で、跡継ぎだから特別待遇。末っ子は、甘えるのが上手で小さいというだけで可愛がられた。そして、いつも放置されたのが、三女である母だったというわけだ。

もちろん、これは母の主観的な言い分である。だから本当のところどうだったか、真相はわからない。しかし、母のこの主張はある程度リアリティがあったのではないかと、私は感じている。

特に母がもっとも嫉妬していたのは、末っ子である私の叔母だった。

「〇〇はいつも、可愛いものばかり買ってもらえたし、可愛がってもらえた」

私は、この末っ子がいかに祖父母の寵愛を受けていたか、母からとくと聞かされていた。恨みと悲しみが積もった言葉で――。

叔母は私から見ると、お転婆で天真爛漫で優しくて、母のきょうだいの中では一番好きだった。しかし、母はその無邪気さそのものが憎いようだった。私は、母のきょうだいへの幼少期の嫉妬をつねに聞かされた。そして、幼少期に理不尽な扱いをした祖父母への不平不満も――。

母は最後に自慢げに、言葉を続けるのだ。私は、こんなにひどい目に遭ってきた。だから私はあんたたちを、つねに平等に扱うのだ、と。

母の家庭は、地方では裕福なほうだったと言える。祖父の立ち上げた建設業は戦後イケイケドンドンの波に乗ることができたのだ。祖父は従業員を何人も雇い、ブルドーザーやダンプなどの重機も、たくさん所有していた。

母は地元の高校を卒業後、東京の短大に進学するために上京した。そして父と恋愛関係になる。二人のなれそめは、よく聞かされた。父と母は、同じ大学のサークルで出会ったのだ。

裕福な母に比べて、父は福島の貧しいリンゴ農家の出身だった。そして、農家の長男である。しかし、父は工業高校を卒業後、家業である福島のリンゴ園を継ぐ道を選ばなかった。無一文で実家を飛び出し、大学進学を決意したのである。そのため、実家からは勘当状態だったと言える。

無一文で上京してきた父には、お金がなかった。一銭も出してもらわずに、身一つで上京した父。対照的に、祖父母に何不自由なく仕送りをしてもらっていたが、愛に飢えていた母。この二人は、どこか危うさの中で、お互い惹かれるものがあったのだろう。

父はとても貧しく、大学時代はアルバイトに明け暮れて、学費と生活費を稼いでいた。母があるとき父のバイト先の和菓子屋を訪ねると、顔中に小麦粉をつけて、真っ白になって働く父の姿があったという。父はいつも粉まみれで、みすぼらしかったらしい。

「お父さんはね、すごく可哀そうだったの。お母さんが同情したばっかりに、こんな結婚になってしまったの」

母は、アルバムを開きながらも父とのなれそめを、よくそう語っていた。父のことを「好きだった」のではなく、「かわいそうだった」という言葉は、やけに頭に焼きついている。それは、母の口から何度も出てきた言葉だからだ。

今はぶくぶくと太ってしまって見る影もないが、アルバムに写る若い頃の母は痩せていて、綺麗な人だった。学生時代の母は、どれも笑顔で、心の底から楽しそうだった。母はひらひらとしたスカートがよく似合う華やかな笑顔の美人だ。現代だと、まさにサークルの「姫」という言葉が相応しいかもしれない。

そのため母は、いろいろな男性からアプローチを受けていたらしい。

母から聞かされたのは、大学時代、母に言い寄ってきたイケメンの青年がいたということだ。お金持ちで、優しくて、スポーツ万能で、背が高くて、かっこいい慶應ボーイの聡君（仮名）。しかし完璧な聡君に、母はなびかなかった。母はそれを長年、後悔しているようだった。

「聡君と結婚していたら、今頃、私はこんな人生を送ってなんかいなかった。もっともっと、幸せだった。幸せだったはずなのに」

私は何度も、母にアルバムの中の聡君を指さして見せてもらった気がする。アルバムの中の聡君は、背の高いさわやかな好青年だ。確かにどこからどう見ても、父よりかっこよかった。私は、いつも聡君のことを考えていた。なぜ母がかっこいい聡君ではなく、父を選んだのか。幼い私にはどうしても、その答えがわからなかったからだ。私が問いただすと、母はいつも即答した。

「お母さんは、優しいからね。お父さんをほうっておけなかったのよ。でも、それがすべての失敗のはじまりだった」

当時の私は、母が父を選んだ理由が皆目わからなかった。どうやら男と女の間には、子どもの私の知らない秘密が隠されているらしい。

いずれにしても母は、貧乏な父を選んだ。ふとした瞬間、学生時代に父の学費や生活費を援助していたと、母がポロリとこぼしたこともあった。

母が父に惹かれた理由――、それは長年の謎だったが、私自身が歳を重ねてわかることもある。

それは母が父に、「かつての自分」を見たからではないだろうか。愛をもらえなかった母、祖父母にネグレクトされ続けてきた母。父の苦労にきっと自らの似姿を見たのだと思う。だから、母が抱えていた心の傷が、どうしようもなく疼《うず》いたのだ。それは恋愛ではなく、たとえば道に捨てられた猫や犬に対する同情心だったのではないだろうか。それを考えると、母は母で、父を一個の人間として見ていなかったという気がする。

そして、父は父で、何かが欠落した人間だった。

母と聡君が結婚していたら、当然のごとく私は生まれていない。それでも私はなぜだか、聡君の話が好きだった。それは何よりも聡君の話をするときの母の表情が、少女のように恥ずかしそうな照れ笑いを浮かべ、心の底から嬉しそうだったからだ。

私たちはソファに横たわって、よく聡君の話をした。私が聡君について質問をする。

ねぇ聡君って、どんな人だったの。もっと、もっと教えて――。

そうねぇ。

私はよく、母と一緒に空想の世界に旅立っていた。聡君と母が築いた、幸せな家庭へ——。聡君との思い出を語る母の眼差しはひときわ輝き、うっとりしていた。

きっと母の中には、もしも聡君と結婚していたらという、可能性が枝分かれした並行世界があった。私は、そう確信していた。

私はその母の夢想の世界を一緒にたゆたうのが、いつも大好きだった。そのときだけは、母と私はいがみ合うこともなく、二人で聡君を夢想するという穏やかな時間を過ごすことができたからだ。

私にも何となく、恋心というものがわかりはじめていた年頃だ。なぜだか空想の中で私は聡君の子どもで、両親に手をつながれて、にこにこ笑っている。常識的に考えれば、私が聡君の子どもとして生まれてくるはずなんてないのに——。

だけど、その世界の中で、母はいつも笑っていて、そして、みんなみんな笑顔なのだ。弟も、母も、みんながそれぞれに幸せそうにしている。もちろん父は、そこにはいなかった。

いや現実の世界でもはじめから、父なんて、この世界にはいなかったのかもしれない。

「ねぇ、お母さんが聡君と結婚していたら、どうなっていたの?」

「そうねぇ。こんなところには、住んでいなかったと思うよ」

専業主婦の結婚率が日本で一番高かったのが、一九七五年だ。寿退社という言葉も今よりメジャーだった。その時期に多感な二十代を過ごした母は、時代の空気感を肌で感じていたはずだ。母も、きっと両親と父に促されるかたちで結婚して、専業主婦という道を選んだのだろう。そして、当たり前のように父の実家のある福島に嫁いだ。

結婚という牢獄

父から母に送られた山のようなラブレターを見つけたのはいつだったか。それは、錆びついた引き出しの奥に眠っていた。遠距離恋愛中のたくさんの手紙にハガキ。黄ばんだ愛の証し。多分、もっとも二人が盛り上がっていた時期だと思う。

「愛しています」「結婚してください」「今すぐに会いに行きたいです」

そこには、父の現実とも妄想ともつかない浮ついた言葉が並んでいた。両親に愛された記憶のない母が、この父の熱烈さに心打たれたのは間違いない。こんなにも自分を必要としてくれる人がいる――、それが何よりも嬉しかったのだろう。しかし、何度読んでみても、子どもの頃の私は、現在の父の冷めた姿とこの手紙が、どうしても結び付かなかった。

そして、父は父で不全感を抱えていた。貧乏は、父の心まで蝕《むしば》んだ。釣った魚に餌をやらない。父は、そういうタイプだったのだ。母は短大に進み、教員の道を歩んだ。その一方で、専業主婦全盛で、結婚するのが女の幸せという時代の波もあった。おそらく両親から結婚の圧もあっただろう。

そうやって時代は期せずして、母を結婚という牢獄に閉じ込めた。結婚を望む両親、そして、自分を求めてくれる男、当時の風潮——。母はそのベルトコンベアに載っただけなのだ。何が悪かったのか、母はわからなかったに違いない。

実際、結婚してみたら、母を待っていたのは、長く続く果てなき牢獄だったと言っていい。結婚生活で待っていたのは、激しい怒鳴り合いで、自分だけを愛する男だった。春樹ワールドに耽溺する男だった。

「お父さんのどんなところが好きだったの?」

私は、よくそう尋ねた。母は、いつも父の悪口を言っている。だから、かつて二人の間にそんな大恋愛があったなんて、信じられなかったのだ。

「お父さんは、全然かっこよくなかったけど、本当に本をよく読む人だったのよ。だけど、こんな人と結婚したのがすべての間違いだった」

母はそう言っては、父との結婚を悔いていた。本の世界に埋没して、家庭を顧みなかった父。母は裏切られた、と思っただろう。騙されたと思ったはずだ。こんなはずじゃなかった、と。そして心底、自分の純粋さを呪っただろう。

「あのとき、父に同情したばっかりに！」

しかし、時間は元に戻らない。すでに、私という命がお腹に宿っていたからだ。私がこの世に生を受けたその瞬間、母と共にこの牢獄に、一緒に閉じ込められることを運命づけられたのだ。そうしてその理不尽さは、暴力となってもっとも弱い、子どもである私へと向けられた。

こうして俯瞰で母を見てみると、母もまた、犠牲者であることがわかる。

母が時代に翻弄されたのは確かだ。

「あんたたちがいるから、お母さんは離婚できない。離婚したら、みんな離れ離れになるのよ。弟ともお別れになるの。久美子も、お父さんと暮らしたくないでしょ」

いっそのこと離婚してくれればよかったのに、と思わない日はない。すべては、この結婚生活を維持することが悲劇のはじまりなのだ。

けれども、その一方で、母は離婚するのが怖かったのだと思う。公務員の妻で専業主婦という椅子に、しがみついていたかったのだ。母が教員に復職する話も、ちらほら出てはいた。しかし、長年のブランクで、教壇に立つ自信がなかったのではないだろうか。母は、働くのが怖かったのだ。

それでも母は、ときたまパートに出ることがあった。地方なので、主婦が働ける場所はおのずと限られてくる。うどんづくりに、弁当づくり。しかし、どれも長続きしなかった。

母はパートから帰宅するなり不機嫌になり、私に不満をブチまけた。そうして、ひたすらパート先の中年女性たちを口汚く罵り、バカにするのだった。

「お母さんは、あんなことする人間じゃないのよ」

中学校の教員免許を持つ母にとって、きっとパート勤めは惨めで屈辱的だったのだろう。私は数え切れないほど、結婚を後悔していると母から聞かされた。そして、その刃は往々にして長女である私に向けられるのだ。

あんたさえ生まれなければ、と。

その言葉の暴力は、私をじわじわと蝕んでいった。母は不遇な自分を嘆き、つねに何かに苛立っていた。

朝からワイドショーを見て、空虚な日常を送り、昼はランチに出かける。母はいつだって悲劇のヒロインでもあった。世の中を悲観し、子どもを生んだ自分を悲観する。そして、そのはけ口として周囲のあらゆる人間をバカにすることで、アイデンティティを保っていたのだと思う。

ドライブをしていて、炎天下の中、汗水垂らしながら旗振りをする日焼けした警備員を見かけたとき――。

「久美子も、ああいうふうになりたくないでしょ。だったら、しっかり勉強しなさい」

と私に笑いかけた。

赤の他人だけではなく、母にとっては父がもっとも大きな嘲笑の対象だった。父がリンゴ農家に生まれたこと。親が大学進学で一円も出さなかったこと。そして、母が父の学費を援助していたこと。母はひたすら、父がいかにダメな人間であるかを私に叩き込んだ。さらにその復讐として、母は同性である私に、強烈な呪いをかけた。

「男を信用しちゃダメ。男は絶対に裏切るから。あなたは一人で立てるようになるのよ。お母さんみたいになっちゃダメ」

それは母にとって、男によって狂わされた人生への後悔であり、教訓でもあったのではないだろうか。恐ろしいのは、その呪いが思いのほか強く、四〇歳を超えた今も私自身を縛りつけ、支配し続けているということだ。

しかし、誰かを好きになることは、いけないのだろうか。母だって昔は、父を愛していたはずだ。私は、母が大いなる自己矛盾の中にいることを、ようやく最近気づくことができた。そして、ありとあらゆる他者を見下し続けた母自身の人生が、果たして幸せだったのかという疑問も——。これも、母親を「俯瞰で見てみる」ということができたから気づけたのだと思う。

祖父母の前で泣きわめく母

ゾンビゲームのラスボスのような母にも、見えない傷がある——。そう子ども心に感じたのは、宮崎に引っ越してから数年が経った小学四年生頃だったと思う。

土日の休みや平日の夜——。母はよく私たちを、車で一時間ほどの祖父母の住む実家へと連れて行った。祖父母の家は、宮崎でも過疎地の山の中にあった。

いくつもの山あいを抜け、川を越えると祖父母の住む古民家が見えてくる。私は、このドライブが何よりもお気に入りだった。窓を開けると心地のいい風が頬をかすめ、その先々には瑞々しい雄大な自然が広がっている。途中、道の駅に立ち寄り、母と共にソフトクリームを食べる。このときだけは、学校や家のあれこれから解放されて、嫌なことを忘れられた。

祖母は私たちがやって来ると、お手製の牡丹餅《ぼたもち》をつくって、笑顔で迎えてくれた。そして、自慢の美味しい料理をたらふく食べさせてくれた。私は中でも、祖母のつくる甘く煮込んだかぼちゃの煮っころがしが大好きだった。祖母の手料理は、母と違ってどれも本当に美味しかった。近くにある温泉に入ったり、新興住宅地にはない近くの綺麗な渓流で水遊びをすることもあった。私にとって祖父母と過ごす時間は、まさに癒やしのひとときだった。

祖母は帰り際になるとこそっと、「お母さんには内緒よ。また遊びにおいでね」と言って、私の手に千円札を握らせてくれた。私はそれを母に見つからないように、こっそりとポケットに忍ばせたものだ。

ひたすら優しいおじいちゃんと、おばあちゃん。祖父母に対して私は、そんな思い出しかない。

しかし、どうやら母にとっては違うらしい。祖父母と母の間には、私の知らない「秘密」があるみたいだ。そんなことに気づいたのは、大好きな祖父母と母が激しくいがみ合う様子を頻繁に目撃するようになったからだと思う。私は、それを子ども心に「あれ」と名づけた。

「あれ」が起こるきっかけは、祖父母が何気なく、きょうだいの話題を口にしたときだったように思う。

「なんでいつも〇〇ばっかり、褒めるの！　私を愛してくれなかったの！　昔からずっと、あんたたちは、そうやっちゃが！」

母は、突如として怒り狂い、老いた祖父母にまくし立てた。また「あれ」がはじまったのだ。

しかし、いつも祖父母の答えは決まっていた。

「そんなことを言われる筋合いはない！　あんたたちは、みんな平等に扱ったつもりだ」

祖父母は徹底して母の訴えを無視し、突っぱねるのだ。

「○○は可愛い洋服を買ってもらえたのに、私はいつもお下がりだった」と食い下がることもあった。

あのとき、あの場所で、何が起こっていたのか。

今振り返ってみると、母はネグレクトされた過去について、祖父母に懸命に問い詰めていたのだと思う。しかし祖父母は、母へのネグレクトを頑として認めなかった。その答えは、母の怒りに油を注いだ。

そんな祖父母を前にして、母は「うわぁぁぁぁ」といつも子どもに還ったかのように、大粒の涙を流して泣きわめいた。

「嘘つき！　久美子！　帰るよ！」

そして最後は小さな私の手をつかんで、強引に家を飛び出していく。私はただ、母に引っ張られた手が痛かったことを、鮮明に覚えている。

「あれ」が起こったあと、駐車場に止めていた車の中に私たちは戻った。私は泣きながら、助手席に乗り込んだ。運転席に座っている母は、いつもブルーのアイシャドーが涙で剥がれ落ち、化け物のような顔になっていた。母は真っ黒な涙を流しながら、「わーんわーん、わーんわーん」と、ハンドルに顔を突っ伏した。当時の私は、祖父母が子どもだった母を傷つけていたなんて知る由もなかった。

それでも私は車の中で、母をそっと抱きしめた。なんとなく、そうしなければならない気がした。それは、母がこれまでの強大な母とは違って、まるで傷だらけの子犬のように見えたからだと思う。

そのときに感じたのは、母の温かさだ。そう、私が母に暴力を振るったときと同じように、母の体温は温かかった。

母は小さく震えていて、私は確かにその体温を感じていた。母の心臓の鼓動が伝わってくる。一瞬、母を包む存在になった気がした。かつて私の命を脅かした母。そんな母がこんなにか弱い存在であることを知った。それは私にとって、大きな驚きだった。

「お母さん、泣かないで。大丈夫だよ。私がいるから」

私は、いつかそんな言葉をかけた気がする。

「久美ちゃん、ごめんね。ごめんね。もう大丈夫だからね」

母はティッシュで涙をぬぐいながら、大きな潤んだ瞳で私を見た。そして、震える肩から絞り出すように、いつもこう言うのだ。

「私は、おじいちゃんたちと違って、絶対にあんたたちを平等に扱うからね。絶対に、わが子にあんな思いさせないいんだから。させてたまるもんか！」

母の誓い。しかし、母がその誓いを守ることができなかったのは、悲しいが、いわずもがなだ。

無理心中未遂

母は癇癪を起こしても、しばらく経つとそれを忘れたかのように、再び祖父母の家を訪ねた。そしてそのたびに、「あれ」は幾度となく繰り返された。それは、大人になっても母が、「祖父母の愛」を求めてさまよっていたからなのではないかと思う。

「あれ」が起きたとき、私は心が引き裂かれそうになった。「あれ」が起こると、どうしたらいいのかわからなくなる。私はただただ母につられて涙ぐむしかない。母の悲しみが、激情が、私の心に伝染する。晴れていた空に突然、雲が立ち込め、真っ暗になる感覚。そんな母を前に、子どもの私は戸惑うばかりだった。

今日はあれが、起こりませんように――と。私は、いつも願っていた。「あれ」さえなければ、楽しい時間を祖父母と過ごせるのだ。しかし、そんな願いも空《むな》しく、それはときたま、いや頻繁に起こった。

考えてみれば、私が生まれたときから、祖父母はいつも優しかった。母が私につらく当たっても、いつも優しく慰めてくれたのは祖父母だった。それなのに、母の「あれ」が起こると激しい罵り合いとなり、祖父母もそれに応戦するのだ。大声を上げて罵倒しているのだ。子どもである私には、何が何やらわからなかった。

「あれ」が起こった帰り道は、いつも恐怖に打ち震えていた。それは、母が無理心中を図ろうとするからだ。間一髪で、子どもである私に命の危険がおよびかけたのだ。

「もう、お母さん、死ぬ！　このまま　死んでやるっちゃが！　どうなってもいいっちゃが。あんたたちも、みんないっしょに死ぬんだからね！」

母は、そう絶叫しながら突然、真っ暗な夜道でハンドルをジグザグに切った。体を激しく打ちつけられるような、すさまじい衝撃。車が白線を越えて、対向車線に飛び出す。目の前の対向車から時折鳴らされる「ビーーーー」という、聞いたこともない異常な連続したクラクションの音。迫りくるガードレール。いまだにあのときの恐怖は、忘れることができない。

「お母さん、やめて！　お願いだから、やめて！　怖いよ！　死にたくない！　死にたくないよ！」

私は叫び、泣きわめいた。弟が車に乗っていたときもあった。弟も泣いていたと思う。私は、小さな弟を抱きしめた。

とにかく怖くて、怖くてたまらなかった。母の幼少期の行き場のない哀しみは、私たちを道連れにして、命さえも奪うほどの強烈なものだったのだ。

あのとき一番恐ろしかったのは、車がひとえに母のハンドルに委ねられているということだ。この空間から逃げ出すことができない私は、母と運命共同体なのだ。母の感情に翻弄され、その生死さえも母に決定権がある。そのときの無力感といったら、母から暴力を受けたときに匹敵するほどだったと思う。

それでも私たちはなんとか、九死に一生を得た。それは今思うと、ただの偶然に過ぎないと感じる。私が母の虐待を生き延びたのも偶然ならば、母の無理心中で死ななかったのも、偶然なのだ。

私たちは、いつもそうやって命からがら何とか帰路についた。母の運転する車から解放されると、一気に力が抜けたものだ。

家に着くと私たちは、二人とも涙でボロボロだった。さっき起こったことで、まだ心臓の動悸が止まらないのだ。それでも「お母さん、大丈夫？」と声をかけたのは、母がわなわなと震えていたからかもしれない。

「ごめんね。あんなことして、ごめんね」

母は、私を見て再び泣き崩れた。そんなことがあった夜でも母は台所に立ち、うつろな目で夕飯の準備をはじめた。

その頃から、私は母を何としてでも守らなければと思って、ずっと生きてきた気がする。私が感じたのは、子どものように泣きじゃくる母そのものだ。母には誰も頼れる人がいない。父は到底、頼りにならない。母の悲しみを受けとめる度量はない。

きっと、私しかいない。私しか、いないのだ。母に全身全霊で向き合うことができるのは、私しかいないのだ――。そう強く思った。あのとき、母の「傷」をただただ無心に受けとめていたのは、たった一人、私だけだったのだ、と。私は、母の凶悪な面と、子どものように泣き崩れる両面を知っている。たとえどんなに命を脅かされようと、母の悲しみがやっぱり私の悲しみのように思えてくるのだ。母が単に鬼のような存在でいてくれたら、どんなによかっただろう。私は、母の弱さを知っている。苦しさを知っている。

だからこそ、母の呪縛から、この歳まで逃れられなかったのだ。このように母親分析をしてみると、そんな自分と母のアンビバレントな関係性まで浮き彫りになるのがわかる。

私はいまだに、「あれ」が起こったあと、母が箪笥から二つの通帳を取り出し、私たちに見せたことが忘れられない。

「この通帳には、同じ額が平等に入ってるからね。あんたたちは平等なんだから」

母が説明しても、弟は幼過ぎて何も理解していないようだった。しかし、四歳年上の私は、かろうじてその意味がわかっていた。「平等」という言葉を口にするときの母は、真に迫っていた。そして、目の奥が暗い光を帯びていた。

確かに母は、モノに対しての平等ぶりは徹底していた。必ず平等に二個ずつ、だった。お菓子もケーキも二切れずつ。いつも弟と平等に同じものを買ってもらえた。

しかし、と私は思う。私も母と同じく、一番欲しかった「愛」はもらえなかった。弟と同じように、平等に愛はもらえなかった。幼い頃の私はいつも飢えていて、「愛」の飢餓状態だったのだ、と。

私はあのときを振り返って思うことがある。大人になった母も、きっとあのとき、祖父母に「ごめんね」と素直に謝ってもらいたかったのではないか、と。寂しい思いをさせてごめんね、と——。

そうしたら幼い母の魂は少しでも浄化され、癒やされたのではないだろうか。

しかし、祖父母はそれを最後まで放棄した。それが結果的に母を暴走させ、無理心中未遂へと駆り立てたのだ。

ハルキストの父

地底にマグマをたぎらせている不安定な母の背後には、母を苛立たせている父の存在がある。

毒母はよくセンセーショナルにメディアで取り上げられるが、その陰の主役ともいえる父にはあまり光が当たらない。だからこそ父にもフォーカスしてみたい。そう感じるようになったのは、信田さよ子さんがご著書で、見落としがちな父の存在を鋭く指摘していたからだ。なるほど、と思った。

強大な家庭の権力者であった母に比べて、影の薄かった父について、どこから語ればいいのか戸惑うほどだ。しかし、これは多くの家庭でも案外同じかもしれない。

だから、あえて父についても記しておこうと思う。そう、せっかくの機会だから母だけでなく、父も少しだけ標本のように観察してみることにする。そこから、何か見えてくるかもしれない、と願いながら。

父という人物を一言で表すなら、それは生粋のハルキストだということだ。父の本棚には、いつだって作家の村上春樹のすべての著作がずらりと並んでいた。父は、彼を神のように崇めたてていた。

その苦々しい記憶もあって、私は村上春樹が今も大嫌いだ。もちろん、村上春樹は悪くない。春樹を溺愛し、家庭は顧みない。心の中は永遠の「子ども部屋おじさん」。それが父という生き物を率直に表す言葉だと思う。

「春樹は、すごいんだぞ」

それは、父の口癖だった。

父は、春樹に関して語るときは饒舌だった。しかしそれ以外では、つねに他人に対して恐ろしいほどに無関心だった。その証拠に、父はいつも爆発寸前の家庭を目の前にして、無関心を装っていた。私たちを見て見ぬふりをした。

父の書斎は、日当たりのいい二階の西側にあった。六畳一間の和室で、父はよくその部屋に閉じこもっていた。父は、この自室を、まるで要塞のように仕立て上げていた。そこは、まさに父の聖域だった。

その書斎には村上春樹の小説からエッセイまでを一つ残らず集めた専用の本棚がある。『ノルウェイの森』『世界の終りとハードボイルド・ワンダーランド』『ねじまき鳥クロニクル』……。その中心には布団が敷かれ、万年床になっている。父は、食事とテレビと新聞を読むときだけ一階の居間に降りてきた。それ以外は、ほとんどの時間をこの自室で過ごした。

春樹の新刊の発売日になると、父はうずうずして落ち着かなくなる。宮崎の本屋は、数日遅れでしか最新刊が手に入らないからだ。

父はいつもそのことに文句を言っていた。東京なら違うのに、と。春樹以外の事柄は、てんで関心を示さない父だったが、それでも子ども心に私は、なんとか関心を引こうと試みたこともある。あるとき、父の部屋の本をくすねてみたのだ。そう、父の大好きな『ノルウェイの森』を——。

そのときの父の反応を、私はいまだに忘れることができない。

本棚から本がなくなっても、父は特に怒らなかった。むしろ、怒られたい、と私は考えていた。

しかし翌日、父の本棚を見て私は驚いた。『ノルウェイの森』がきちんと元の棚に補充されてあったからだ。なんと父はすぐに新しい『ノルウェイの森』を購入したのだった。そして、何事もなく日常は流れていった。

そのときの私は、なぜだか途方もない無力感に苛まれ、激しく失望した気がする。私は父に「俺の大事なものを、勝手に取っていくな！」と、雷を落とされたかった。

子どもにとって、無関心こそが一番の傷なのである。

私生活では、ジムに通い、帰宅後毎日ランニングをし、ストイックに体を鍛え、毎年地元の四二・一九五キロのフルマラソンに応募した。それも村上春樹の影響だった。

私や母のことを見てほしくても、父はいつも春樹ばかり見ている。春樹の物まねばかりしている。私たちがこんなに苦しんでいるのに、この人の頭の中は、つねに春樹のことしかないのだ。そう思うと、悲しくてたまらなくなったのだ。

私は、よく父のフルマラソンの応援に行かされたことを鮮明に覚えている。

番号のタグは汗まみれで、よれよれで、目の前を走り過ぎる父のうつろな目は、どこも見ていなかった。私も、母も、弟さえも——。そして、私たちの前を颯爽《さっそう》と走り過ぎた。父は、そうやって、いつも私たちの目の前をとおり過ぎていった。

父が好きなものに、私たち一家を壊すものが隠れている。私はそんな事実にいつしか気づいていた。私は、『ノルウェイの森』の背表紙を憎んだ。緑と赤の背表紙は、あの本棚に何食わぬ顔で並んでいる。村上春樹は私にとって、家族に背を向けた父の象徴になった。

本当に父は家庭を顧みなかった。そもそも父は、「父親」としての人生を生きていなかった。春樹の文学世界だけに身を委ね、心の底から帰依《きえ》していたのだと思う。

父が体づくりのためか、炭水化物を極限まで抑え、山盛りのサラダを食べるようになったのはいつだったか。私たちがカレーや肉じゃがなどを食べていても、父だけは口にしなくなった。

キャベツや細切りのニンジンなどをてんこもりにしたサラダ。その山盛りのサラダを準備するのは、父自身だった。父はそれを、新聞を読みながら一人居間で食べていた。ムシャムシャムシャムシャ。私は、この父がサラダを食べるときの音が大嫌いだった。まるで、イモムシのように無心に野菜にかぶりついていたからだ。無言で野菜を食べ続ける父の姿を見ていると、徐々に父が、人間ではない生き物に見えてきたものだ。

私たちとは違うもの。ちぐはぐな食卓。私たちは、いつだってバラバラだった。

そうして父は、炭水化物が足りなくてすきっ腹になったのか、私たちが眠りにつこうとする夜中、よく車のエンジンを吹かして出かけていった。それは、父がコンビニにつまみを買い出しに行く音だ。

「ボーボーボーボー」

あのとき、静まり返った新興住宅地に響いたエンジン音は、家庭に静かに鳴り響く不協和音でもあったと思う。

私たちの家庭はガタガタと壊れていて、隙間風があちこちから入り込んでいた。そこはすっからかんの空洞なのだ。それでもお互いに同じ箱の中に納まって、体面だけのために家族を続けている。

父は、何が起ころうとも村上春樹の本で囲われた巣の中に、無言でノソノソと帰っていった。そう、クマが穴蔵に戻っていくように――。

父の視線は私たちを貫通し、はるか彼方にあった。父は春樹の言葉とともに、走り続けていたのだろうと思う、そう、父親という役割を放棄して。

父の心の中には、春樹しかない。父にとっての人生のバイブルは、春樹なのだ。春樹のラジオを聞き、ライフスタイルをまねする。

そんな父にとって、私たちは部外者だった。ずっと部外者であり続けた。父はどんなことがあっても、母に寄り添う気持ちはない。私は母へのそんな無関心ぶりが、とてつもなく憎かった。

父の心を奪っていくこの本棚の要塞。父を子どものままにとどめた、このファンタジー小説たち。全部全部大嫌いで、ぶち壊してやりたかった。

私は、もっと父に「愛」を欲した。「父親」としての役割を自覚してほしかった。そして、母のことを見てほしかった。しかし、父はいくら歳を重ねても、家庭を顧みようとしなかった。勤めている学校と家の往復。そして、村上春樹がつくり出す甘美な夢に彩られた内なる世界――。学校から帰ってくると、食事もそこそこに要塞のような自室に閉じこもる。そして、さっさと寝てしまう。

閉ざされたドアのその向こう。いつか手をかけることすら躊躇するようになったそれは、まるで鉄扉のように重い。その向こうに、父はいる。だけど、心が通うことはないのだ、絶対に――。私は、父に対してそんな諦めと悲しみを、いつしか抱くようになっていた。

今考えてみると、父親にとって家庭とは、下宿先にしか過ぎなかったのだろうと思う。私にとって父は、「お父さん」ではなくて、ただ家にいるだけの「下宿人」という言葉がもっともふさわしい気がする。ご飯を食べ、風呂に入り、自室に帰って行く「下宿人」――。そして気がつくと、単身赴任生活のために、繰り返し家から姿を消していた。父は父で、そういった究極の自己愛の世界にしか生きられない人間だったのだろう。それが結果的に母をとてつもなく苦しめていたとは、考えもしなかったかもしれない。

こうして俯瞰で見てみると、父がとても不幸で哀れな人間に思えてくる。そして、そんな父に惹かれた母という存在も。

父と母――、その未熟で幼い二人がつくり出した家庭は、ただの入れ物に過ぎず、だからこそ、いつも空虚そのものだったのだ。

第七章　性と死

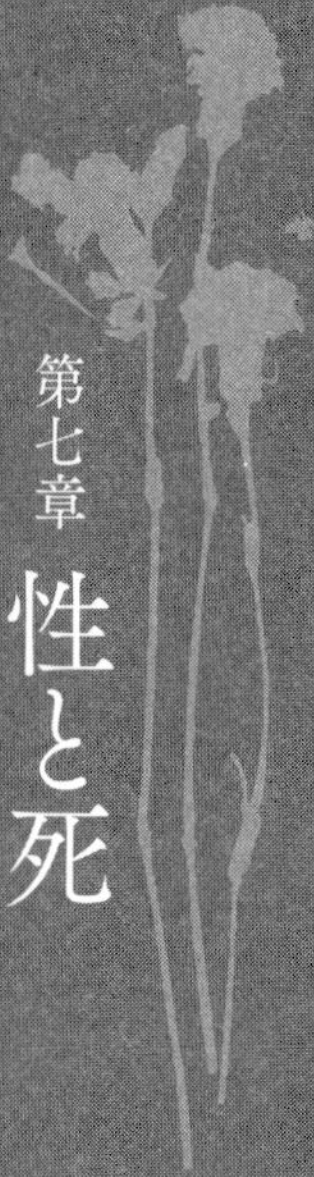

衣装箪笥の悪夢

母とはじめて離れることができたのは、一八歳のときだ。

大学進学にあたり、私はようやく一人暮らしをすることになった。あの家と、家族とさよならできる。私ははじめて、自由を手に入れたのだ。そのときの私は無邪気にそう思い、喜び勇んだ。

それでも母はどこまでも、地の果てまで追いかけてこようとした。母が大学の入学式に来たがったとき、背筋が寒くなった。この空間に「母が入ってくる」のは、なんとしてでも避けたかった。

「母」は、私の人生に入ってきたかったのだと思う。母にとって唯一の黄金期は、短大時代だったのではないだろうか。ネグレクトされた幼少期とは真逆に、多くの男性たちに言い寄られ、そして東京という刺激的なカルチャーに触れられた花の青春。しかし、その後に待ち受けていたのは、ハズレくじのような父との結婚生活だった。

母は私という分身を通じてそんな青春を、わずかでも追体験したかったのではないだろうか。しかし、それは私にとっては、自らの人生を母に乗っ取られることでもあり、「死」を意味することに近かった。だから、頑なに拒否した。大学が遠方という事情もあって、母はそんな私を深追いしなかった。それは、私にとって幸いなことだったと思う。

私が一人暮らしをはじめたのは、五畳ほどのクッションフロア敷のマンションだった。隣の部屋のトイレの音も話し声も、すべて聞こえるちゃちい造りのワンルームだ。

それでも大家さんに渡された鍵を握り締めた瞬間、言いようのない喜びがこみ上げてきたものだ。考えてみれば、この家の鍵は誰も持っていない。母ですらも――。誰かがこの部屋に入ってくることはないのだ。それは公然の事実なのだが、そんな「当たり前」さに、飛び上がりそうになった。実家の私の部屋は、鍵がなかった。だから私の行動は母にすべて筒抜けだった。机の奥に隠していた日記の内容を、母が匂わせたこともある。

しかしこの部屋は、本当に私だけの秘密基地に違いなかった。

なぜ、そんなにまで一人暮らしが嬉しかったのか――。それはもちろん母が暮らす家から、そして「母」と物理的な距離を置けたというのが、もっとも大きな理由である。

しかし、単にそれだけではない。私は一人暮らしによって、はじめて自分の「拠点」を持つことができたのだ。それはいわば、はじめて自分自身の色を持つことでもあった。そして、その空間を「自分色」に塗り替えるという自由をも、自分自身が手に入れることでもあったと思う。ここには、「母」のモノがない。だから、ここには「母」が、いない。私だけの空間なのだ、と。

それは、何より母と暮らしてきた一八年間、私自身がモノに苦しめられた生活を送ってきたからだと思う。

母と暮らした宮崎の家は、祖母が押しつけたガラクタにまみれていた。その究極たるものが、私の部屋に置かれた巨大な衣装箪笥《だんす》であった。私は、それが嫌で嫌でしょうがなかった。いつだって私を見下ろしている、あの巨大な衣装箪笥。それは、母が祖父母に買ってもらった、結婚の嫁入り道具だった。そのほかにも、ほこりをかぶったガラスの食器、一度も着ていない着物、誰も飲まないウイスキーの瓶。使い古した化粧品にけばけばしい色のネックレス。それは、祖父母の家に行くたびに母が「もらった」ものだった。

いくら使っていないモノであっても、母は「捨てる」ことを徹底的に拒否し、異様なこだわりを示した。「これも、これも、全部いつか使う。これはおばあちゃんにもらった大事なものだから」

どうして母は、モノを捨てられないのだろう。私はイライラしていた。友だちの家はあんなに綺麗で整頓されているのに、うちはすすけて、ほこりのかぶったモノだらけだ。

私は孤独死の取材をして八年になるが、孤独死する人の部屋はモノにあふれているケースがとても多い。モノにはもっとももその人の弱い部分が表れると感じる。モノほどその人の過去を、心理状態を如実に表すものはない。そしてモノこそ、人が執着するものの最たるものではないだろうか。

きっとそれは、幼少期に母が手に入れられなかった、「愛情の証し」なのだ。母はそんな「愛情の証し」を絶対に、捨てるわけにいかなかったのだ。

祖父母の実家から、食器や、調理器具、健康器具などのありとあらゆるモノが持ち込まれ、それらはガラクタとなって家にどんどん溜まり、しだいに家中を支配していった。そのため、母が買い足した食器は驚くほど少なかった。それどころか、すべて祖父母の家からもらってきたもので、それらは使われることはなく、結局ほこりをかぶってしまうのだ。

私はいつも衣装箪笥に押しつぶされる悪夢を見た。微動だにせず、ズンと私の部屋に鎮座する、重く忌々《いまいま》しい衣装箪笥。

それはまさに母を家に縛りつける悲劇のシンボルではなかったか。崩壊しているにもかかわらず、けっして投げ出すわけにはいかない、家の象徴ではなかったか。それに四六時中監視され縛りつけられていたのが、子どもである「私」だったのだ。

だから一人暮らしをはじめたとき、まずホッとしたのは、あの衣装箪笥から離れられることだ。

一八歳の私の目の前にはもう、あの箪笥はない。私を、母を支配し、あの家に縛りつけていた箪笥。いつも朝起きると目の前にあった箪笥。私はあの箪笥が重く、怖かった、苦しかったのだ。

私はようやく気づいた。ようやくあの箪笥から逃れられたのだ、と。それはとても安らかな気持ちだった。

私は高校時代に死に物狂いで貯めたなけなしのバイト代を、この部屋のインテリア代にすべて充てた。学生という身分もあり仕送りはもらっていたが、自分が欲しいものはなるべく自分のお金で買おうと決めていた。そうしなければ、またもや「母が入ってくる」気がしたからだ。

私ははじめて、慣れない都会のデパートで、思う存分ゆっくりと雑貨を見て回った。デパートに並ぶブランドもののインテリアは、これまで私にとっては夢のまた夢だった。ずっとずっと雑誌や友だちの家だけの世界だと思っていた。お手頃価格の雑貨屋に並ぶ星柄のシャワーカーテンに紫色のちゃぶ台。薄緑色の炊飯器。私はそうやって、財布とにらめっこしながら、自分の「好きなモノ」を少しずつ買い足していった。

小さな部屋のモノたちは、母ではなく私の意思で、一つずつ選んだものだ。そして、誰も入ってこないその小宇宙をはじめて、私だけの世界に彩るのだ。染め上げるのだ。それができる自由が嬉しくて、飛び上がりたくなった。

どこまでも絡みつき、まとわりついてくる母。だけどここは私だけの聖域――。私は、母と離れてようやく「普通」になった。そう思うと、感動して涙が止まらなかった。

一人暮らしではじめて迎えた朝のことは、鮮明に覚えている。薄ぼんやりとしたカーテンの向こうからさし込む朝日が眩しかったこと。母の選んだ毒々しいバラ柄のカーテンではなく、私自身が選んだシックなグレーのカーテンを自分の手で開けたこと。空は青くて、電線で雀がピーピーと鳴いていたこと。すべてが新鮮で嬉しかった。生きていてよかったと思えた。肩の力が抜けて、安心感で脱力した。それは今考えてみると、あの家で受けた傷の回復に大きくつながっていったと思う。

しかし、一方で母のことを思った。まだ母はあの家にいるのだ。祖母は亡くなったが、きっと母は思い出が詰まった大量のガラクタと箪笥と共に今も暮らしている。そんなことを思うと、どこか胸の奥に少しの痛みを感じずにはいられなかった。

一人暮らしをしてしばらくすると、私はときたま同じ夢を見るようになった。

電気を消して、たった一人の部屋で、目を閉じる。深い眠りに落ちると、引きこもったままのもう一人の私を、私が見下ろしている。もう一人の「私」はまだあの部屋で、日々寝起きをしている。巨大な箪笥は今もあの部屋に君臨し続ける。そうして、もう一人の「私」の心を、やすりのように日々少しずつ削っていく。「私」は、いつものように、あのガラクタだらけの家の中をウロウロする。台所には誰かが立っている。そこから響く包丁の音。あれは、母だ。表情はうかがい知れない。ただただ、母の後ろ姿だけが、小さな白熱灯の下、薄ぼんやりと浮かんでいる。

こっち側の私が、あっちのうつろな眼差しの「私」と一瞬、目が合う。「私」と「私」が重なり、「私」はいつしかあっち側の「私」になっている。その瞬間、目が覚めて飛び起きる。朝だ。全身がグチョグチョとした不快な冷や汗にまみれている。

私の目の前には、もう箪笥も、母の気配もない。目の前に広がるのは、雑貨屋で買った楕円のテーブルに、小さなテレビ、そして、白のラグマット。

これは確かに揺るぎない現実で、思わず胸を撫でおろす。それでも、どこか心がチクチクするのはなぜか。そんな夢ばかり見続けるのは、なぜか。それはきっと私はどこかで母のことを案じていたからだと思う。私のように自由に羽ばたくことが許されない母に「痛み」を感じていたのだ。

性に対する激しい嫌悪

物理的な距離が大きくなると、母が干渉してくることは減った。そのアッサリとした対応には拍子抜けして、若干の物悲しさを覚えるほどだった。弟が大学進学を控えていて関心はそちらに完全に移っていたし、同時期に祖父が体を悪くして頻繁に入退院を繰り返し、その介護に追われたというお家事情もある。しかし、一番の理由は、同じ家から私が姿を消したということが大きかったのではないか。私が母に対して思ったように、一方では母もきっと私がずっと家にいてはやはり重かったのだ。

母と私のやりとりは、電話でときたま学生生活やバイトなどの近況を報告する程度となった。盆や長期間の休みに帰省したが、祖父母や地元の級友の顔を見ると、すぐに自分のアパートにトンボ帰りした。やはり、あの家に帰ると心がザワザワして落ち着かなかったからだ。

そして年頃の私には、母の目が届かない今だからこそできるミッションがあった。母の目はもう気にしなくていい。だから、あの頃とは別人に生まれ変わるのだ。私は「当たり前」になりたかった。普通の家庭で育った健全な女子大生に擬態してみたかった。それは母によって支配された過去の自分が、コンプレックスの塊だったからだと思う。だから、すべて振り払いたかった。

部屋の改造に続いてやったのは、身体改造だ。

高校時代に校則で染められなかった真っ黒の自毛を脱色して、オレンジ色に染めた。そして当時密かに流行っていたキノコ成分の入った怪しい痩せ薬を飲み、極端なダイエットに明け暮れた。デパートでなけなしのお金をはたいて、流行の服を身にまとった。友人の見よう見まねで、ネイルや化粧品にも手を出した。そして、必死になってサークル活動やバイトといった「当たり前」の学生生活を謳歌しているふりをした。いわば「普通の女子大生」の猿まねである。整形こそしなかったものの、それは私にとって念願の大変身そのものだった。

しかし、どんなに姿形や髪形を変えても、母の呪いはふとした瞬間に頭をもたげてくる。そのもっとも強烈なものは「性」だろう。

外見が変化して少しだけ垢ぬけると、けっして美人とは言えないルックスの私にも言い寄ってくる奇特な男性が現れた。しかし、いざ男性と一対一になり、セックスしたいオーラを感じると嫌悪感が沸き立ってくる。デートで楽しく過ごしていても言葉尻や態度から相手に「性欲」を感じると、「キモチワルイ」という感情が頭をもたげるのだ。そして、強烈な吐き気を催してしまう。胃液が逆流し、息が詰まるような強烈な禁忌の感情に全身が支配される。その場から一目散に逃げ出したくなる。実際にセックスの場面になると嘔吐し、逃げ出したこともあった。

そんな私の行為は、無意識であれ男性を傷つけていたし、不審にも思われただろう。友だちに誘われてはじめたスナックのバイトも、性欲を剥き出しにしてくる男たちに耐え切れず、一日で辞めてしまった。

当時はなぜ苦しいのか、なぜそんな感情が湧き上がってくるのか、てんでわからなかった。そのわからなさが、また苦しさの源でもあった。私は、「普通」になりたいだけなのに——。

考えてみれば、それは激しく「性」を嫌悪していた母の思考そのものだった。母にとって、すべての最悪のはじまりは、父と恋愛してセックスをして、私が生まれ、専業主婦になったことである。その二の舞を踏ませるわけにはいかない。そんな思いもあってか母はことごとく「色気づくな！」と、女性である私に呪文のように唱えていた。「男に狂うとろくな人生を送れない。お母さんみたいになる。絶対に恋をしてはいけない」と。そして、幼少期からスポーツ刈りを強要され、男の子のような恰好をさせられていた。

私は知らず知らずのうちに、そんな母を内面化していたのだ。

母と同じ屋根の下に住んでいたとき、私は『エヴァ』のポスターを張り巡らし、自分を懸命に守った。そのときに比べると、私の自由度は格段に上がったはずだ。それなのになぜか不自由だった。この頃から今の今まで、私は長期間かけてインプットされた「母」にも苦しむようになる。実体のない「母」が不意にひょっこりと現れることで、私の心身を支配するようになっていったからだ。

性の世界への憧れ

大学を卒業すると、私は上京することに決めた。学生時代の同級生の半数は、実家のある故郷に戻ったが、私には、実家のある宮崎に戻るという選択肢は一パーセントもなかった。

私は、母があれだけ忌み嫌った、性の世界に身を置きたかった。それは、私にとっての自傷行為でもあった。私は、本当はＡＶ女優になりたかった。風俗嬢になりたかった。体中、精液にまみれてみたかった。母が禁止した世界に、浸かってみたかった。何よりも、自分自身をめちゃめちゃに傷つけてみたかった。

しかしアトピー持ちで、かさぶただらけの肌の私には、それらを叶えるのが難しいことはわかっていた。何よりも私は、いまだに母の呪いに縛られている。私は、性的な存在であってはいけないのだ、と。アダルトの世界は好きで、人一倍、性の世界への好奇心は強いが、自らの性的なガードは固い。そんな複雑で面倒くさい女、それが私だ。

だからこそ私は、編集者やライターという仕事が向いていたのだと思う。この仕事ならば「自分の性」を対象外に置ける。当事者とならずに安全なところから傍観者として「性」の世界を見ていられる。考えてみれば、私は大人になってからも母の言いつけを堅実に守り続けていたのだろう。私自身が当事者ではなく、傍観者でいられること――。アダルト誌の編集者はそれに適役だった。

私は、書く才能を活かしてアダルト誌の編集者を目指した。両親の反対は想定していたが、たとえ納得しなくても、私はわが道を進むと固く決めていた。両親に出版社に就職したと報告すると、当然ながら社名を聞かれ、仕方なくアダルト系の出版物を多く出している会社だと言って社名を告白した。両親は、そんな私を止めようとした。

しかし、当時は就職氷河期の真っ只中で、まともに就職先がないという時代の事情もあった。それを説明すると、しぶしぶ納得したようだ。それは一部で真実でもあった。実際に私はことごとく就職戦線に敗れていたからだ。

その後、母は近所に、「晴れて出版社に就職した自慢の娘」として触れ回ったはずだ。社名はけっして言えなかったが、母の虚栄心を満足させるには十分だったようだ。

そうして、私はアダルト系の現場の最前線に身を置くことになる。アダルト関係の中で何よりも惹かれたのは、SMの世界だ。当時は雑誌メディアが命脈を保っていたこともあり、私は複数のSM雑誌の編集にかかわることになった。

SMと母への思い

私はSM雑誌の編集者として、多くの緊縛師や女王様、M女性、M男性をインタビューした。そして、さまざまなSM現場を取材した。私のインタビューは、なぜだか編集長や読者にとても好評だった。ほかのライターの書いた記事よりも、おもしろいと言われることが多かったのだ。そのため編集よりも書く仕事のほうが増えていった。自分で言うのもなんだが、それはSMに対する思い入れが人に比べてすさまじかったからではないかと思う。

ではなぜ、私はSMに惹かれるのだろう。

そこにはやはり、母の影響があった。

今思えば、母の虐待は、私にとって愛情の裏返しでもあった。折檻《せっかん》部屋で毛布でぐるぐる巻きにされるとき、そして水中に顔面をつけられるとき、その瞬間は確かに痛くて苦しかったけれど、それは同時に、母の愛を受けられる唯一無二の時間を意味したからだ。

そのとき、別の一面として確かに感じたのは、母との甘美なる時間でもあったことだ。母と私は、確かにあの時間、全力で向き合っていた。あのときから今の今までずっと、私は痛みと快楽のバグを起こし続けている。私のSMという性癖がめちゃくちゃにゆがんだ、倒錯した母への思いが根底にあるのは、重々自覚しているつもりだ。

真っ暗な劇場の中、スポットライトを浴びる若い女性とS男性。失われる時間の感覚――。欲望の禁忌と解放、快楽と痛み、堕ちていく感覚。そして、愛。イっていい、泣いていい――。手かせや足かせをつけられ、極限の痛みの中でM女性が絶叫している姿は、まるであのときの私であり、「子ども」に還っているようだ。

圧倒的なオーラで、M女性を組み伏せるS男性。それは、母が私におこなった力による征服を彷彿とさせた。それは同時に、全力で母に受け止めてもらえる瞬間でもあった。

母に絞めあげられた首。水の中で意識を失った感覚。ピシャリと太ももに走る定規の鈍痛。SMの世界に身を置いていると、封をしていた大きな感情が揺さぶられるのがわかる。母と共に過ごした、あのときに引き戻されるのだ。

強大な母にただただ組み伏せられた、あの幼少期に――。母の関心を一身に集めていた、あの瞬間《とき》に。

SMのすごいところは、そんな女性を、「解放」にもっていくことだ。

ある女性はお尻を一本鞭で打たれ、縄で逆さに吊られてギャン泣きしていた。そうして最終的にようやく、「イっていい」と許可される。その刹那、女性は激しく腰を震わせ、ひたすらイキまくった。最終的にS男性がその圧倒的な「力」によって、M女性の秘められた性的願望を最大限に引き出していくのだ。私はそこに、人間の「解放」を見た。堕ちることで、人間であることからも解放される。そのマジックに究極の癒やしを感じている自分がいた。大人が不自由な肉体を脱ぎ捨て、はじめて子どもに還れる、唯一無二の時間でもあるように思えたからだ。

SMの世界をたゆたっていると、私自身どうしようもなく癒やされ、許された気になる。この世界に存在していいのだ、と。何も考えず、一身に愛を受ける存在であっていいのだ、と。

最後になると、女性は完全に主従の関係に置かれ、首に犬用の首輪をつけられた。女性はしかし、泣きじゃくり嗚咽しながらも、どこか憑き物が落ちたかのように幸せそうな表情をしていたのが頭に残って離れなかった。身体は不自由であるのに、心は自由になっている。ＳＭって、おもしろい。

あるとき、すべてが終わって縄を解かれたＭ女性が、「もう終わっちゃう」と泣き崩れる姿を見た。きっと女性にとってこの時間が、永遠に続いていてほしかったはずだ。私もこの時間がずっと続けばいいと、心の中で強く願っていた。

ある人は私に、「君はＳＭに理想の親子関係を見ているのではないか」と言った。今なら素直にそうかもしれない、と答えるだろう。

ゆがんだ性癖だと思われるかもしれない。だけどそれは、確かに私が私でいられる瞬間なのだ。だから私は、ＳＭ業界に携わっていたことを隠すつもりはない。あの期間は、ずっとずっと抑圧し続けてきた「私」を、取り戻すために必要だったからだ。

その後、私は勤めていた出版社を退職した。さまざまなアダルト現場に立ち会うことで、編集よりも、このような現場に立ち会って、感じたことを書くほうが自分に向いていると考えたからだ。

フリーのライターとなった私は、ＡＶの現場、ホストクラブ、ＳＭの現場とありとあらゆる現場を取材した。二〇〇〇年代初頭、アダルト系の雑誌なら仕事はたくさんあった。

アダルト系の潜入取材の本を出版するにあたって、ストリップ劇場で浣腸ショーを見る機会があった。

そこにはステージに上がって、女性たちの浣腸水を全身に浴び続けるMの男たちがいた。その光景は私にとって、ただひたすら美しく、綺麗な世界に映った。胸からお尻の穴まで、肉体のすべてをさらけだしてもなお壇上にのぼる女性たちは神々《こうごう》しく、気高《けだか》く、聖なる存在に見えた。

私はそうやって母の価値観とはまるで真逆な世界の手触りを、片目だけ開けながら見ていた。母が忌み嫌ってやまなかった性の世界。母が憎んだこの社会。壊れればいいと思っていた世界。

しかし、私の目にはまったく別のものに映っている。私が見ている社会は、母が憎悪している世界とは違っていた。私が飛び込んだ性の世界は、アンダーグラウンドゆえの人の優しさにあふれている。私は不思議とそんな性の世界に魅せられて、何冊かアダルト業界にまつわる本を出版した。

敬愛すべき、映画監督の森達也さんの名言がある。「世界はもっと豊かだし、人はもっと優しい」。そう、私は母のいた狭い世界とは真逆の世界で、確かにこのとき、社会の優しさに触れていたのだ。

「普通の人生」を生きたかった

それでもふいに日常が、母の支配という暗闇に引き戻されるときがある。

両親は私をダシに、ときたま東京観光のために上京するようになっていた。都心のホテルに泊まりながら、観光地を巡ったり、買い物を楽しんだりした。いわばおのぼりさんだ。そんなとき、私は仕事の合間を縫って、両親の案内役となった。

それには理由があった。親が上京してきたときには、外食や移動の費用はすべて親が持ってくれたからだ。母は機嫌がいいとさらに、洋服やバッグを買ってくれることもあった。就職氷河期の辛酸をなめ、さらにフリーランスで低収入の私にとって、食費が数日分浮くのは非常にありがたかった。

その頃の私は、仕事に手ごたえを感じていた。食うや食わずの生活ではあったが、執筆の依頼は少しずつ増えつつあったからだ。それは私がはじめて手に入れた、母以外の他者からの「承認」だ。しかし、それは私を心の底から満たしてはくれなかった。

母に認められたいという強い欲求が大人になってからも依然として、私の深層にくすぶり続けていたからだ。

あるとき、女性週刊誌から執筆の依頼が舞い込んできた。小さいながらも記名入りである。すぐに目に浮かんだのは母の顔だった。そのときに、母に褒められたい、承認されたたいという幼少期の私がむっくりと起き上がってきたのだ。ようやく母にも堂々と言える、書く仕事ができた。母に伝えなければ！　それは抗《あらが》いがたい強烈な衝動だった。私はその衝動に突き動かされるかたちで、記事が掲載されるなり喜び勇んで、母に報告した。母は私の活躍を讃えてくれたと思う。

しかし、その頃になると、母の関心はもう一つのベクトルへ向いていた。それは「結婚、妊娠、出産」という女性の辿る道である。この一般道は東京のような先進的な都会ではともかく、田舎では今も、強烈な魅力を帯びているのが実態だ。

この頃になると母は、私と同い年の知り合いである凛子ちゃん（仮名）の話題をするようになっていった。母はことあるごとに凛子ちゃんの近況を「匂わせ」はじめたのだ。

「凛子ちゃんはね、結婚してね、どこどこで結婚式をして、高級マンションを買って、子どもができたのよ。旦那さんはこんな人で、あんな人で――」

凛子ちゃんは、母から見ると「普通の幸せ」を手に入れた女性である。

私は母が凛子ちゃんの話をするたびに、「ふーん」と聞き流すふりをした。しかし、内心では激しく動揺し、鼓動が速くなった。そのときの私は言いようもない焦りに駆られ、深く傷ついた。そして、絶望した。

「私は凛子ちゃんみたいな生き方はできない」と。

母が凛子ちゃんの話をするたびに、彼女を巡る過去の苦い思いがまざまざとフラッシュバックした。

凛子ちゃんは私にとって、長年コンプレックスの象徴だった。凛子ちゃんと頻繁に会うようになったのは、私が宮崎に引っ越してからだ。スポーツ刈りの私と違って長くて手入された髪を揺らす凛子ちゃんを、私は指をくわえて見ていた。

凛子ちゃんと私は、何から何まで違っていた。私が凛子ちゃんの家へ遊びに行くと、そこはいつも最先端のおもちゃやゲーム機であふれている。そして、何よりも凛子ちゃんは両親に溺愛されていて、その家庭は温かい雰囲気に包まれているのだ。

今思うと逆恨みでしかないのだが、私はそんな凛子ちゃんを憎むようになっていた。今でも忘れられないのは、いつだったか取っ組み合いの大喧嘩をしたことだ。私は凛子ちゃんが醸し出しているすべてが憎かった。虫の居所が悪かった私は、凛子ちゃんなんてこのまま死んでしまえばいいと思っていた。

凛子ちゃんは、すべてを手に入れている余裕と優しさ、子どもらしさがあった。しかし、私にとってはその無邪気さそのものが、苛立ちの対象だった。凛子ちゃんはいつも可愛くて、愛されている。私が手に入らないものを持っている。それが、憎くて仕方なかったのだ。これは、母が女きょうだいを嫉《そね》んだときの気持ちと同じかもしれない。

だからあるとき、私から言いがかりをつけて、凛子ちゃんに襲いかかった。私は凛子ちゃんに馬乗りになった。凛子ちゃんの顔をひっかいた。凛子ちゃんは泣きじゃくり、綺麗に束ねていた三つ編みがボロボロになった。私は凛子ちゃんの髪をつかんで、床に引きずり回した。凛子ちゃんの顔を傷つけてやりたい、と思った。

「なにしちょるね！　やめんか！　もう帰るぞ」

喧嘩を止めたのは凛子ちゃんのお父さんだ。凛子ちゃんは手を引っ張られて、泣きながら家に帰った。今でもあのときのことを思うと、心の底から申し訳ない気分だ。凛子ちゃんに非はなかったからだ。

スカートを履き、長い髪を持ち、父親にワガママを言っている凛子ちゃん。欲しいものは何でも買ってもらえた凛子ちゃん――。何もしなくても、すべてを手に入れている凛子ちゃん。いつだって両親に大事そうにされている凛子ちゃん。お父さんの後ろに隠れている凛子ちゃん。そんな凛子ちゃんを私が一方的に憎んだ、だけなのだ。

私は凛子ちゃんと会うとき、自分がとてつもなくみすぼらしい存在に感じた。あれからときが経った。そんな凛子ちゃんとも、大人になってからは冠婚葬祭のときに顔を合わせるくらいになっていた。

母が凛子ちゃんの話をするたびに、あのときの悲しい感情が走馬灯のように蘇った。凛子ちゃんは、今も私の前を走り続けているのだ、と――。

私は正直、母から凛子ちゃんの近況なんて聞きたくなかった。耳をふさぎたかった。しかし、大人になった今、あからさまに拒絶するのも変に思われる。だから私はたび重なる母の「匂わせ」を甘んじて聞き続けた。母はそんな私の胸中を知り尽くしていたのかもしれない。とにかく母はしたたかで、その欲望は尽きることなく、貪欲だった。

私は気づいていた。今の母が欲しいのは、かつての新聞掲載されたり賞を取ったりする栄光だけではない、と。今現在の母が求めているのは、凛子ちゃんのような「普通の人生」を生きる娘なのだ——、と。

思えば母の周囲は、刻々と変化していた。地元に残った母のママ友や親戚の子どもたちは幸せな夫や孫を手に入れていたようだ。実態はどうかわからないが、少なくともそう母の目に映っていたはずだ。東京でバリバリ活躍する娘というブランドは魅力的ではあったが、それは周囲に自慢するには足りないものとなっていたのかもしれない。

いつだって「普通の幸せ」は水戸黄門の印籠のように最強なのだ。母も歳を重ねるにつれ、その印籠の力を知ったのだろう。母はかつてあれだけ嫌っていた普通の女性としての生き方を、私に望むようになっていた。母にとって、その最強の切り札が「凛子ちゃん」だった。

情けないことに、私はそんな母の気まぐれな方向転換に翻弄され、それのせいで猛烈な苦しみを味わうこととなった。

「普通の女性」として生きることは、機能不全家庭で育った私にとってけっして簡単なことではなかったからだ。結婚はともかく、私は過去のトラウマから、子どもを持つと母のように虐待するかもしれないという恐怖をずっと抱いてきた。凛子ちゃんのように当たり前のように恋愛をし、結婚をし、セックスして、子どもをつくることは、とてつもなくハードルの高い無理難題なのだ。私はどうあがいても凛子ちゃんになれないのは明らかだった。しかし、私が恨んだのは母ではなかった。その刃は「普通」になれない自分自身に向かっていたからだ。いつだって母の期待に応えられない自分が悪いのだ。

なんで、私なんか生んだの。なんで、私は生まれてきたの。なんで！　なんで！

「普通」になれなかった私は、胸が痛くなる。くしゃりと心が押しつぶされそうになる。

「私は私」なんて、思えるわけがないじゃない！

そこにあるのは、私も凛子ちゃんみたいに「普通」に生きたかったという、どうしようもない哀しみだ。

私は母から凛子ちゃんの近況を聞くたびに、強烈なコンプレックスに苛まれ、胸が痛むようになった。母から聞いた、イケメンのお金持ちの彼氏と結婚して、子どもを腕に抱き、高級店でランチしている凛子ちゃんが、嫌でも頭に浮かんで離れなくなった。

そして、母はそんな私の心理を手玉に取るように、凛子ちゃんが「当たり前」の幸せを手にしていることを暗に匂わせてくる。私には絶対に手に入らない、女性としての「普通」の人生を――。

母によって「女性」として普通の人生を歩んではいけないと呪いをかけられた私。しかし、今の母は私に「普通の女性になる」ことを望んでいる。なんという残酷な願望だろうか。

母は昔のように私に虐待も、強制もしない。露骨に「結婚しろ」とも、「孫の顔が見たい」とも言わない。ただただ遠回しに、そして着実に、その時々の願望を「匂わせ」るだけだ。

「今日はね、凛子ちゃんのお母さんと会ったのよ。なんかね、凛子ちゃん、子育て大変みたい」というように――。

しかし、母のたび重なる「匂わせ」こそが私を追いつめたことは、言うまでもない。私はじつのところ、この母の「匂わせ」にかなりこたえていた。母が上京したときや、ふとした電話で凛子ちゃんの話題が出ると、ぐったりとして無気力になってしまう。この頃から私は精神的に病み、精神科で処方された睡眠薬がないと眠れなくなった。そして、通院は長期間におよび、自立支援医療を受けるほどだった。

それでも、そんな自分を忘れたくて、がむしゃらに働いた。右を見ても左を見ても、私には仕事しかなかったからだ。そして「性」やSMの世界は、そんな私にとって唯一の逃避先でもあった。SMの世界に没頭しているときだけ、このどうしようもない悪夢のような現実を忘れることができたからだ。

大島てるさんとの出会い

性の世界の旅人であった私が「死」にまつわる取材をはじめたのは、ひょんなことがきっかけだった。二〇代後半に事故物件情報提供サイトの運営者、大島てるさんとイベントで出会ったことにはじまる。

旧知の間柄のカメラマンが、てるさんのイベントである『事故物件ナイト』の撮影を手掛けていて、「よかったら遊びにきませんか？」と誘ってきたのだ。イベントでは、さまざまな事故物件や、自殺配信などの動画が映し出された。会場には若い女性が多く、異様な熱気に包まれている。それがやけに印象に残った。

中二階の楽屋で私はカメラマンから、てるさんを紹介された。てるさんの第一印象は、飄々《ひょうひょう》としていながらも、強烈な人間的魅力がある点だ。

私はまず、てるさんのキャラクターに惹かれた。事故物件そのものよりも、てるさんの醸し出す常人離れした雰囲気に魅力を感じたのだ。ぜひ一緒に事故物件の本を出したい――。そんな話を持ちかけたのは、私からだったと思う。ありがたいことに、てるさんからすぐに快諾をいただき、とんとん拍子で企画は通った。

ちょうどその頃はネットの動画配信などが普及しはじめて、アダルト雑誌が下火になりつつあった時期で、私は一般の女性誌なども手掛けていた。そんな私にとって、事故物件という新たなジャンルへのチャレンジは、渡りに船だった。

ただし私は、これまで事故物件とは無縁の生活を送っていた。そのため、てるさんから事故物件の最新情報をもらい、取材を進める流れとなった。

私はてるさんの紹介で、たくさんの事故物件を見た。最初は右も左もわからなかったが、事故物件の背後に闇が広がっていることに気づくことになる。

最初にてるさんから送られてきたのは、東京・江東区のアパートの住所だった。その物件は窓や開口部が厳重に目張りされていたが、キッチンの換気扇の付近を一匹の巨大なハエが飛び回っていた。多くの住人はエアコンが使えないのか、ドアを少し開けた状態で扇風機を回して暑さをしのいでいた。

二件目に行ったのは、江戸川区のマンションだ。マンションの該当階で降りると、同じく目張りだらけの物件があった。中には入れなかったが、すぐに強烈に鼻をつく異様な臭いがフロアに蔓延しているのがわかった。甘ったるい油のような、今まで嗅いだことのない臭い――。

「これが死臭なのか！」

と驚いたのをよく覚えている。わずか一〇分ほどの滞在だったが、死臭は鼻の奥に染みつくほどだった。

この二件の死因は孤独死だった。それ以降も数え切れないほど事故物件を巡ったが、自殺や殺人などの物件にはほとんど遭遇することはなかった。

その後、てるさんの紹介で、事故物件専門不動産屋や事故物件の清掃を手掛ける特殊清掃業者とも知り合った。そこでわかったのは、事故物件のほとんどが孤独死ということであった。

孤独死と私の共通点

私は事故物件の取材を通じて、なぜこんなにも孤独死が多いのか、もっと深掘りをしたくなった。

そのため事故物件の本を出版したあと、今度は孤独死をテーマにした本を出版すべく、出版社に声をかけまくった。しばらくすると、ある出版社が手を挙げてくれて、特殊清掃業者に密着するかたちで孤独死現場の取材を重ねた。

孤独死現場は一言で言うと、過酷そのものだ。孤独死が多いのは夏場なのだが、それは臭いで周囲の人間が異変に気づきやすいからである。

たいていの部屋でエアコンは壊れていることが多い。室内の臭いを外に出さないために、特殊清掃業者は灼熱地獄の中、窓を閉め切ったまま、防護服に身を包んでの作業となる。

部屋の中は、体液の染み込んだ場所を蛆《うじ》が這い回り、何千匹というハエが顔面に突進してくる。さらに、孤独死物件はゴミ屋敷やモノ屋敷が多い。一メートル以上も積もったゴミの絶壁を登り、匍匐《ほふく》前進でかろうじて前に進んだこともある。そこから見えてきたのは、社会から孤立し、崩れ落ちた人々の姿だった。

孤独死する人たちのゆうに八割を占めるのが、こうしたゴミ屋敷などのセルフネグレクトだ。セルフネグレクトとは自己放任とも言われ、ゴミ屋敷や不摂生、異様な数のペットの多頭飼い、医療の拒否など、自分で自分の世話ができなくなる行為のことを指す。

そのため、セルフネグレクトは別名、「ゆるやかな自殺」とも言われている。セルフネグレクトに陥る背景はさまざまだ。パワハラなどによって退職を余儀なくされ、そのまま引きこもりからセルフネグレクトに陥った人もいるし、男性の場合、離婚が引き金で社会から孤立してしまった人もいる。

私自身、これまでの生い立ちもあって自己肯定感が低く、仕事でうまくいかなくなると何週間も寝込んでしまい、ゴミを出せずに放置したことがある。生活も自堕落になり、朝からお菓子ばかり食べ、歯も磨かずに寝て虫歯が悪化したことも一度や二度ではない。だから彼らのことが対岸の火事で、他人事だとはけっして思えなかった。

そんなこともあって、私は数年間にわたって孤独死現場のリアルを取材し、孤独死の本を立て続けに二冊、出版した。周囲の人たちから「よく、あんな現場に行けますね」と驚かれることも多い。しかし、私が長年にわたって現場に足を運んできたのは、孤独死した人たちに、「生きづらさ」という共通点を見たことが大きい。その背景には、親によって苦しめられたことが一因でセルフネグレクトに陥り、孤独死した人も大勢いた。

たとえば、ある五〇代の男性は、１ＤＫのアパートの一室でこと切れていた。部屋の中に入ると、そこはまるで要塞だった。真ん中に万年床が敷かれていて、それをぐるりと囲むかのように、ブックオフのシールがついた本やＣＤの山々がそびえ立っていた。今にも崩れ落ちそうなほどの異常な量だ。

男性は大好きなものだけで壁を築き、たった一人寝起きしていた。そして食料品の買い出し以外は、この部屋でひたすら引きこもり続けたのである。その部屋は、かつて私が『エヴァ』のポスターを張り巡らしたあの部屋とどこか似通っていた。母に苦しめられた挙句、引きこもりになってしまった過去の私が、ありありとフラッシュバックした。

遺族である妹に話を聞くと、彼女は数か月前に兄と会っていたことがわかった。兄とは電話ではたまに話していたが、遠方に嫁いでから疎遠になり、実際に会うのは二〇年ぶりだったという。久々に会った兄の姿を見て、彼女は驚愕した。老人にしか見えなかったからだ。

歯はすべて溶けてなくなり、体からはつんとした臭いが漂った。まさに、それはセルフネグレクトによるものだった。

男性は大学を卒業後、一部上場企業へ就職。しかし、上司のパワハラで退職してしまう。その後、貯金を食いつぶしながら二〇年以上にわたってこのアパートに引きこもっていたらしい。妹は数か月前、そんな兄の窮状を知り、何とか生活を立て直してほしいと考えていた。その矢先の無念の死であった。

なぜ、男性はこんな生活を送るようになったのか。彼女によると、兄はかつて厳格な父親によって教育虐待を受けていたらしい。兄は読書や音楽鑑賞が好きな穏やかな性格だった。だが父親は、本やCDを勉強を妨げるものとして激しく嫌悪した。その結果、父親と激しく対立するようになり、内向的な性格になった。

会社を退職後、男性はきっと誰も頼れないと思ったはずだ。だからセルフネグレクトに陥りながらも、周囲に助けを求めることもなかった。実家に帰るわけにもいかないし、誰かに自分の窮状を相談するという発想すら浮かばなかった。体が悪くなり、歯が全部なくなっても、自分の大好きな本とCDに囲まれた世界だけは奪われまいと懸命に生きていたのだと思う。そんな男性の唯一の居場所だったアパートの部屋の室温は、遺体発見時に四〇度を超えていた。社会から孤立したまま、地獄のような暑さが男性の命を無残に奪ったのだ。

私は、その事実に打ちのめされた。その場ではぐっと涙をこらえたが、家に帰ってから、何度も何度も泣いた。男性の死と私は、どうしても無関係とは思えなかった。引きこもり、親からの虐待――。彼と重なる部分が、あまりにも多かったからだ。そう考えると、私は彼であったかもしれず、彼は私であったかもしれないのである。

第八章

母を捨てる

母の呪いに苦しむ娘たち

私は、何かに急かされるように、孤独死やセルフネグレクトに関するウェブ記事を発信しはじめた。スマホのニュースは無料で読める。本を買えない若者にも読んでほしい――、そう思うようになっていたからだ。

孤独死そのものよりも、その前に故人が抱えていた「生きづらさ」に焦点を絞った記事を書きたい。多くの人に故人の生きづらさの断片を感じてほしい――。取材を重ねるうちにそう切実に感じていた。そのため、新聞記者などの書く客観的で突き放した目線ではなく、私自身が抱えていた過去の引きこもりの体験なども赤裸々に綴った。

記事にはいつも大きな反響があった。そして、私のＳＮＳにもぽつりぽつりと読者からのメッセージが寄せられるようになった。記事の感想だけでなく、中には家族がセルフネグレクトに陥っているという相談や、二〇代の若者からは自分も将来、孤独死するかもというのもあった。

ある女性から衝撃的な連絡がきたのは、孤独死が増えはじめる夏の暑い日だった。

「私も、このままゴミの中で死んでしまうかもしれない――」

ツイッター（現エックス）のDMに、ある四〇代の女性からそんなメッセージが届いたのだ。なぜだか胸がいやにざわついた。そのため、すぐに女性と電話でコンタクトを取ることにした。どうやら女性は長崎に住んでいて、生活保護を受けているらしい。

女性の部屋はすさまじいゴミ屋敷で、エアコンは故障している。ゴミで埋もれていて窓を開けることもできない。閉め切られた部屋の中は四〇度を超えている。どうしたらいいかわからない。

女性は行政関係者を信用していなかった。そのため、どうしても自分の窮状を知られたくないと言う。ゴミ屋敷の住人には、行政不信に陥っている人がけっこういる。たとえば、ゴミ屋敷で過去に大切なモノもすべて強制撤去されたなどの経験から心に傷を負っている人も多いのだ。

さらに唯一の肉親である母親とは、理由があって絶縁している。だから、私以外に誰にも頼れない。本当にお手上げ状態で、このまま命が尽きるかもしれない――。おおまかに説明すると、こんなSOSだった。

今この瞬間も、女性の命が刻一刻と脅かされている。ただならぬ事態を察した私は、すぐに飛行機で長崎に向かった。

待ち合わせをしたファミレスで会った女性はガリガリに痩せ細っていた。まともに食事をしていないのは明らかだ。私が女性に食事を勧めると、注文したパンケーキをむしゃぶりつくように口にした。

しばらくして、女性の住むワンルームアパートに向かうことになった。ドアを開けるとそこは、まさに天井まで届かんばかりのゴミ、ゴミ、ゴミの山だった。その山には、ハエがたかっている。部屋の中心にくぼみがあり、そこは女性の寝床だという。ジャングルよりも過酷な環境——。

なぜこうなってしまったのだろう。

話を聞くと女性を苦しめていたのは母親の存在だった。女性は、かつては営業職の正社員としてバリバリに働いていた。

女性にはたった一人のきょうだいである妹がいた。しかしある日、妹はアパートで孤独死してしまう。妹を人一倍溺愛していた母親は、その妹の死を「連絡を取らなかったお前のせいだ!」と、理不尽に女性をなじり続けた。当然ながら女性と妹の死とは、まったく無関係である。しかし、母親は一方的に彼女を逆恨みするようになっていった。そして、毎日のように女性の会社に電話して、女性を「人殺し!」と罵倒し続けたのだ。

女性は精神的にまいってしまい、「本当に妹の死が自分のせいかもしれない」と思い込むようになった。そしてひたすら自責の念に駆られ、自身を責め続けた。そんな自分に耐え切れなくなり、課金制の電話占いにどっぷりとハマっていく。死んだ妹の思いが知りたかったからだ。

女性は時間さえあれば電話占いにかけ続けた。孤独で寂しい胸の内を話せるのは、会ったこともない占い師しかいなかった。そして、いつしか多額の借金だけがふくれ上がっていく。

母親からの電話が鳴らないように、使わないときはスマホの電源を常時切っている。だから電話は鳴らない。それでも女性は何かに憑かれたかのように、いつか電話が鳴るのではないかとビクビクしていた。母親の見えない影が彼女をおびえさせているのは明らかだった。

彼女の望みは、ゴミ屋敷も母親との関係も、すべてを断ち切って一から出直すことだ。しかし、それができない。なぜか。彼女の口から飛び出すのは、ただひたすら「すべて自分の責任だ。すべて自分が悪い。自分はダメな人間なのだ。だから、ここでこのまま死んでも仕方ないかもしれない」という自分を責める言葉だ。彼女は、過剰ともいえるほど自責の念に囚われ、自縄自縛となっていた。

そんな彼女はあまりに痛々しく、中学時代の私を彷彿とさせた。母親のかけた「呪い」によって自分のことをダメな人間だと呪い続けたあの瞬間、人生詰んだ、とただひたすら絶望しかなかった日々――。

彼女を見ていると、自分と重なり胸が苦しくてたまらなくなった。私の目の前の女性は、母親という幻影に取り憑かれ、命さえ落としかねない状況にある。多額の借金を重ねたのも、ゴミ屋敷になって命の危機に陥っているのも、明らかに母親の影響だった。

私は、彼女の苦しむ姿に、もう一人の私を見た。かたちは違うが、母親に苦しめられてきた娘という点ではまったく同じだ。彼女の苦しみは、自分の苦しみに思えてくる。引きこもりの経験のある私は、一歩間違えば、自分もゴミ屋敷で命を落としかねなかったかもしれないのだ。

私にできる最善の策は、取材で知り合った支援者と彼女を結びつけ、生活を一から立て直してもらうことだ。私は信頼できる民間の支援者をその場に呼び、清掃業者とも連携して彼女のバックアップに当たった。

彼女との出会いは、私に大きな転機をもたらした。

私は、これまで取材してきたたくさんの孤独死やセルフネグレクトの背景にある親問題の大きさを感じてきた。それでも彼女にかろうじて救いを感じたのは、私という他者にSOSを求めた点だ。私や彼女のように、親に苦しめられてきた人たちは自己肯定感が低く、他人を頼ったり助けを求めることすらできないことが多い。そして今この瞬間も、命を落としかねない状況に陥っている人たちが、世の中にごまんといる。

私には、そんな社会をどうすることもできないのだろうか。親に対して同じ思いを抱える私ができることはないのだろうか。セルフネグレクトや孤独死の現場を回りながらそんな現実にぶつかり、言いようもないジレンマを激しく感じるようになった。私と母に、この先どんな将来が待ち受けているのだろう、と。そして私は、母とこれからどう決着をつけるのだろう、と。

そして私自身、きたるべき未来に対して激しい不安を抱きはじめたのである。

それは取材の過程で、ある女性と出会ったことも大きい。彼女は看護師で、私よりも一回り近く年上の五〇代の可憐な女性だった。彼女は、まさに毒母介護の真っ只中にいた。彼女自身、母親からネグレクトされて育った。幼い頃、「あなたが泣き止まないから足をつねったのよ」と笑顔で言われたこともある。彼女は大人になった今も、そんな幼少期の影響から摂食障害に悩んでいた。それでも母親が元気なうちはまだよかった。

彼女が母親との関係に深く悩むようになったのは、母親が介護施設に入ってからだ。母は施設で幾度となくトラブルを起こした。ケアマネの見立てでは、母親はトラブルメーカーではあるが、精神科に入院するほどではないという。母親は数え切れないほど施設をたらい回しにされ、転々としていた。そのたびに、新たな施設探しに奔走した。

これまでの経緯を何も知らないケアマネは、「お母さん、娘さんが自慢なんですよ」とにべもなく、母親が要求するものを送るように指示してくる。さらに介護施設に入所している母親からは、毎月「呪いの手紙」が届くという。「こんな犬も猫も着ないような服なんか送ってきて。自分のことを乞食かと思うことがあります」。毎回、母親から送られてくる手紙には、感謝の言葉は一つもなく、いつもこんな娘への恨み節が何枚にもわたって綴られているのだ。それでも彼女は、母親が要求するモノを健気《けなげ》に送り続けていた。

彼女は日に日に衰弱し、やつれていった。施設から届いたインフルエンザの予防接種のお知らせを見て、「このままインフルエンザにかかって死んでくれないかな」と思ったこともある。

私は親の介護に苦しむ彼女に、未来の私自身の姿を見た。母に虐待を受けていた当事者である私は、彼女の苦しみが痛いほどによくわかった。

毒親の最期

数々の取材の中で私が目にしたのは、「毒親の最期」を一手に押しつけられた「子どもたち」の切実すぎる苦しみだ。

親が元気なうちはまだいい。しかし、人は残念ながらピンピンコロリで死なない。成人までの親元にいる期間が苦しみの第一ステージなら、第二ステージは、介護から納骨までのいわば「死までのラストスパート」だ。そしてその時期は、親子がもっとも濃密にかかわらなければならない時期でもある。ここで、二次被害が起きる。だから、つらい。彼女のように、母親と住む場所が違っても、「母」はずっと追いかけてくるのだ。

私はこの頃から、社会にはびこる「毒母問題」と真正面から向き合わなければならないと感じるようになっていった。

絶対に守られるべきは、彼女のような人なのではないか、と。親の面倒を見るのが当然とばかりに良識を押しつける社会。そんな大きな社会に対して、彼女はあまりに無防備で、そしてそれによって深く傷ついている。

私はそれに腹が立って仕方なかった。悔しくて仕方なかった。彼女の苦しみは、自分の苦しみでもあったからだ。やはり、こうした社会には絶対に立ち向かわなければいけない。もはや一刻の猶予もない。そして彼女の姿は、これから訪れる母と私の未来の姿をまさにシミュレーションしているようでもあった。

このとき、私の母は六〇代だ。この頃の私と母の関係は、傍から見ると人生でもっとも良好な仲を続けていたように見えただろう。

私はこの頃になると、立て続けに孤独死の本を出したこともあり、専門家としてメディアなどで取り上げられはじめた。母からするとそんな私は、いわば社会的な成功ルートを着実に歩んでいるように見えたはずだ。

私の活躍を見て、母は歓喜した。母の望む「一般的な女性の人生」からはちょっと逸れてはしまったが、とりわけ本の出版は大きく、ようやく地元で周囲に自慢できるネタができたと思ったのだろう。

母は気持ち悪いほどに私に媚びへつらい、私を持ち上げ、電話ではいつも上機嫌だった。

では、肝心の私の気持ちはどうだったか。

母と電話で話したり会ったりすると、唐突に母の寵愛を求めたい「幼い子どもの私」が頭をもたげてくる。母に認めてもらえて、嬉しくなかったと言えば嘘になる。私は、正直嬉しかった。母に褒められ、有頂天になっていたのだ。いくら顔にしわが増えようとも、いくつになっても、私は母の承認に飢えていた。母の自慢の娘でいられることは、この上ない歓びだったのだ。

それと同時に、私は焦っていた。これまで見て見ぬふりをしていた母の老い。しかし、母は年々老いてきている。そして、大学を卒業してから東京に住んでいる私。たった一人のきょうだいである弟も家を出て、責任ある仕事に就いている。何かあったら、弟もおいそれとは仕事をほっぽり出せないだろう。母は宮崎のあの家にいる。もし父が亡くなったら、母はどうなるのだろう。

母はまだ六〇代で、血圧の薬を常用しているものの身体的に元気ではある。だからこそ、絶妙なバランスの上に、私たちの関係は成り立っている。しかし、今後親が弱ってきたら、私は老いた母を十字架のように背負って、人生を生きていかなければならないのだろうか。

そう、看護師の彼女のように――。

重い、重すぎる――。このときも、まだ私は亡霊のような母の呪縛に苦しめられ、右往左往していた。死ぬほど欲しかった母の愛。いくら求めても足りない母からの承認――。

複雑怪奇に絡み合った母と私。絶対にほどけないと思っていた因果。確かに私は母が大好きで、そして大嫌いでもあった。私はそんな感情をジェットコースターのように行ったりきたりしている。そもそも私はこの歳になっても、母に認めてもらいたいと思っているではないか。幾度となく自問自答する日々が続いた。

何歳になっても、母に認めてもらいたい私が、確かにずっとここにいる。その半面、母から逃れたいという相反する強烈な思いもある。

ぐちゃぐちゃに入り乱れた母への感情。それが、私自身をとてつもなく苦しめている。矛盾だらけの私は、そんな母親への愛憎を抱えたまま、老いゆく母親の介護をしなければならないかもしれない、恐ろしい現実に耐えられるのだろうか。

何度も何度も、母によって傷ついてきた私たち。生きづらさを抱えてきた私たち。そんな私たちは、死ぬまで苦しめられるのだろうか。苦しめられ続けなければならないのだろうか。

いやもう、自由になってもいいのではないか。最後ぐらいは、自由になりたい。命が尽きるその前に、やっぱり私は母と決別しなければならない。母の承認の奴隷になるのは、もうやめよう。そのためには母から徹底的に離れることだ。社会において母から「逃れる」ために、「子どもが親の面倒を見なくていい」という選択肢を現実にかたちにしていくことだ。そんな思いに共感し、手を取り合える仲間たちを草の根的に増やしていくことだ。

私が母から激しい虐待を受けていた遠い昔――。あれから月日は流れた。

日本の状況を振り返ってみると、日本の家族はさらに形骸化して、荒廃したといえる。しかし、血縁主義は根強く残り、そこに多くの人たちが苦しめられている。それは私が取材でつかんだ、れっきとした事実だ。時代は、そして私自身、家族に代わって引き受けてくれる何かを切実に、喉から手が出るほどに求めている。

親から逃れたくても、受け皿がないのだ。笑っちゃうほどに、どこにもないのだ。なぜなら、子どもが親の面倒を見るべきという旧態依然の血縁主義の社会システムが、日本にはびこっているからだ。

そして、それはけっして遠くない未来に迫りくる、私自身の重大な危機なのである。

かつて未成年で無力な私にとっては、『日本一醜い親への手紙』がバイブルだった。たった一冊の本が、私の命綱だった。あれから何十年も経つのに、死までのラストスパートで、多くの人が毒親と直面して苦しんでいる。そんな人が世の中に何万人いるのだろうと想像して身震いがした。

私の役目は、なんとしてでもこうした社会と戦うことなのではないだろうか。無邪気に正しさを押しつける社会に抗うことなのではないだろうか。社会の水面下に押しやられている目に見えない苦しみを、明らかにすることなのではないか。そうして私なりの解決策を、社会に示すことなのではないか。それは当事者で、さらに取材者として、さまざまな世界を横断してきた私だからできることかもしれない。

私は取材を重ねるうちに、本音と向き合えるようになっていった。

なぜここまで私は、親問題にこだわり続けるのか。「私は母から自由になりたい。母を捨てたいのだ――」と。ずっとその感情を押し殺してきたのだ、と。それが叶わない社会だから、どうしようもなくつらいのだ、と。

それからというもの、親を捨てる方法をずっと考えていた。母から自由になるには、いったいどうすればいいのだろう。

そんな中で私が目をつけたのが「終活関係者」だ。運のいいことに、孤独死の取材をはじめてから、葬儀社や事故物件不動産屋などの、いわゆる「終活関係者」と会う機会が多くなっていた。彼らの中には、「おひとり様」の高齢者のサポートをビジネス展開しようと仕掛けている、ベンチャー精神のある人たちがいる。その中に、何か大きなヒントがある気がした。

なんとか、ここに突破口はないものか。

「家族代行ビジネス」の仕掛け人になる

「家族代行業」を請け負っている一般社団法人LMNの遠藤英樹さんと出会ったのは、事故物件の取材をはじめた頃だ。家族代行業とは、親やきょうだいと当事者との間に入り、家族の手足となってサービスを請け負っている民間業者だ。その範囲も「介護から納骨まで」と幅広い。

終活関係者には、家族愛について当たり前のように熱弁を振るう人たちも多い。しかし、遠藤さんは彼らとはまったく違い、どこか冷めた目をしていた。そして決まりきった倫理観を押しつけない雰囲気が、やけに印象に残った。何よりもそんな遠藤さんといると、なぜだか気が楽だった。

私は遠藤さんの「家族代行業」に興味を持ち、彼と行動を共にするかたちで取材を重ねた。

遠藤さんから聞いて驚いたのは、終活サポートに申し込むのは、本人ではない点だ。このサービスの依頼主は、「おひとり様」である高齢者本人ではなく、その家族なのだ。つまり端的に言うと、「お荷物」になった高齢者の面倒を見てほしいというものである。しかし、それぞれのケースにそれなりの事情があった。

私は遠藤さんの現場に同行して驚愕した。ある女性は、都内のカフェで遠藤さんと向き合うなり、こうまくし立てた。

「ほんと遠藤さんがいなかったら、どうなっていたかと思うの。私たちの部屋に、いきなり弟の介護ベッドが持ち込まれるなんてことを想像したら、卒倒しそうになったの」

――遠藤さんがいて、本当に助かったわ。

聞くと女性には長年にわたって会っていなかった弟がいた。その弟が倒れたと病院から連絡があったらしい。突然、介護を押しつけられた女性は戸惑うしかない。そこで、遠藤さんを頼ったというわけだ。女性は遠藤さんの存在を知って、心底胸を撫でおろしていた。

これだ！　と思った。私は母親の最期を、遠藤さんに請け負ってもらいたい。母が元気なうちはいい。しかし、母は絶対に老いていく。そのとき、私はきっと傷つき、疲れ果てるだろう。私は、やっぱりすべてを手放したいのだ。

私だけではない。多くの終活関係者と違って、遠藤さんは家族の切実な「困りごと」に真摯に耳をすませる。家族が話す言葉の一つひとつに耳を傾け、否定も肯定もしない。その姿勢が、自然でいい。それと同時に、遠藤さんは修復不可能にまで錯綜した家族関係の根深さを理解しているのだろうと確信した。

取材を重ねて、親に苦しんでいる人たちがこれだけ世の中にいることは、すでにわかっている。だから遠藤さんにはその人たちの手助けをしてほしい、と強く感じた。どうか毒親の最期を半ば強引に押しつけられた子どもたちに、その現実的な逃げ道を開いてあげてもらえないだろうか。

遠藤さんが手掛けているのは「家族代行ビジネス」なのだ。遠藤さんに、もっともっと親を捨てたい子がマッチングすればいい。このとき、遠藤さんはほぼ一人で活動していて、草の根的でまだほとんど誰にも知られていなかった。そのため私は、何とかして遠藤さんの活動が一般的なものになるよう成長してほしいという願いを、密かに抱いていた。

毒親の最期と向き合うのは、ドン・キホーテの物語のような、途方もない骨折り作業だ。それは、世間に戦いを仕掛けることである。血縁主義の世の中に対して、反旗を翻すことである。どこからどんな弾が飛んでくるかわからない。そこはまさに地獄の戦場で、毒親育ちの私たちはゲリラ戦を戦わなければならないのだ。つねに戦況は思わしくない。親を敬うことが当たり前だと強いる世間。血縁社会の中で感じる圧倒的な無力さ。それは幼い頃に感じた強大な母を目の前にしたときの無力さに近い。心が折れそうになる。

だからこそ、遠藤さんのような人が必要なことはわかっていた。遠藤さんの活動を世に知らしめること、そして私がその手助けをすること。そのためには、昔のように小さく震えてはいられないのだ。それが母に囚われていた私が今、社会にできる、ただ一つの問題提起なのだから。

それなら、私と遠藤さんで切り開いていくしかない。私自身のために、そして世の中で親に苦しみ、生きづらさを抱えるすべての人のために――。

長崎で出会った、ゴミの中で息も絶え絶えだったゴミ屋敷の女性。父親の教育虐待の末、引きこもり、歯がすべてなくなり孤独死した男性。彼らの姿が、脳裏に浮かんだ。どれも母の虐待の末に引きこもった私自身が辿ったかもしれない道なのだ。

ずっと死にたいと思っていたあの頃の私は、『日本一醜い親への手紙』に支えられて生きてきたではないか。あの本と出合った瞬間、目の前を覆っていた霧がスッと晴れるような感覚になったではないか。

日本の社会では一般的に、逃げることはよしとされない。

しかし、なぜ逃げてはいけないのか。私たちは、ずっと苦しめられてきた。だから苦しければ逃げていい。親から逃れるために、親の最期を外注してもいい。世間の常識に囚われなくてもいい。最後ぐらいは、いや最後だからこそ母と離れていたい。苦しみから、遠ざかっていたい。それを許してもらえない社会と戦いたい。そう感じるようになっていった。

幸いにも、いや皮肉にもというべきか、私には書くという武器があった。母に実装された武器が――。今こそこの武器を取って立ち上がるのだ。

私は出版社に「親を捨てたい子」の現実を描きたいと、企画を持ち込んだ。企画は無事に通り、『家族遺棄社会』として出版された。『家族遺棄社会』では、親を捨てたい子のさまざまなリアルな声を拾い集めた。そして本書の中で、遠藤さんの活動を大々的に取り上げた。それは私が半ば意図的に仕掛けたものである。

そんな私の仕掛けに、雑誌「週刊ＳＰＡ！」が食いついてきた。私はそこでも遠藤さんの活動を売り込んだ。そして、その巻末では、『毒親と絶縁する』の著者である評論家の古谷経衡さんと対談した。

私は内心ビクビクしていた。ここまでいろいろな仕掛けをしてみたものの、世間から冷たい目で見られるのではないかと感じていたからだ。しかし、蓋を開けてみたら、反応は真逆だった。同じ思いを抱える人々から、私や遠藤さんにたくさんの応援のメッセージが届いたのだ。それはとても心強かった。

毒親の介護に苦しんでいる女性たちが、これだけ世の中にいること――。それがはじめて可視化された気がした。そして、そんな「親を捨てたい」「距離を置きたい」という切実な思いも受け取った――。私はその反響の大きさにただただ驚き、今後自分が何をすべきか、考えさせられた。

その後、私はウェブメディアでも「親を捨てたい子」の記事を書いた。もっと多くの人たちに私のメッセージが届くことで、少しでも親から自由になる人たちがいる。そう感じたからだ。それは私なりの小さな反乱であり、世間に投げ込む手製の爆弾であった。そして、それは大勢ではなかったが、確かに一部の人に届いたようだ。

遠藤さんの元には、次から次に親を捨てたい子どもたちからの依頼が殺到したからだ。遠藤さんの活動は世間ではまだ珍しく、潜在的な需要があったのだと思う。

私の著作や遠藤さんの活動は、大手メディアでも取り上げられるようになった。遠藤さんと私は二人三脚だった。私はたびたびテレビ出演を依頼されたが、出演を頑なに断った。ディレクターからは怪訝《けげん》そうな返事がきたが、取材者ではなく親を捨てたい子をサポートする遠藤さんがメディアの前面に立つことにこそ意味がある、そう感じたからだ。

遠藤さんがメディアをジャックすることで、多くの親を捨てたい子どもたちの代弁者となりえるはず。私の強い願いどおり、遠藤さんの活動は一つのムーブメントになりつつあった。たった一人からはじまった遠藤さんの活動は、当初の思惑以上にどんどん大きくなっていったのだ。

母とストリップ劇場に行く

不思議なことに、そんな私の「メディアへの仕掛け」と並行して母との蜜月は続いていた。よくあることだが、年を取れば取るほど母はしおらしく、そして私の言うことを何でも聞くようになっていたのである。まるで、これまでの力関係が逆転したかのように

――。

母は日に日に老いる自分を感じながら、最終的には「娘しか頼れない」と感じていたはずだ。それは将来の介護要員として頼みの綱にできるのが、娘である私しかいないからでもあった。弟は男性なので、介護要員としては頼りないと感じていたのかしれない。私はそんな母がいじらしかった。その半面、とてつもなく重くもあった。コロナ禍前、私は「母の弱み」を逆手にとるかたちで、上京してきた母をある場所へと連れ出した。

それは、浅草のストリップ劇場だ。なぜストリップ劇場に行ったのか。私はこれまでストリップに魅了され、たくさんのストリップの記事を書いた。母が性の世界を忌み嫌っていたのは知っている。それでも母に見てもらいたいものがあった。

キラキラとした照明の下、服を脱ぎ捨てて、一糸まとわぬ姿になる踊り子さん。すべてを見せて、なお尊厳を失わない気高さがそこにはある。踊り子さんが私たちにくれるのは、すべてのものを凌駕する圧倒的な「愛の源泉」だ。

私たちはあの瞬間、大きな愛に包まれていた。親の愛なんてものを超越した、すべてを包み込む、もっと大きな愛。聖なる存在。

私たちは、大きな傷を受けてきた。それがこの劇場で浄化される気がした。ストリップ劇場は、どうしても母を連れて行きたかった場所だ。私たちは一心同体で、だからこの四〇年間、一緒に苦しんできた。

ずっと救われてほしいと思っていた母。一緒に苦しんできた母。母も私も何かが欠けている。私たちは欠けた者同士であり、だからこそ同時にお互いを欲する者でもあった。

だけど、もう解放されてもいい。

私たちは自由になってもいい。

私たちは、離れてもいい。

「久美ちゃん、すごくキレイだね」

母は踊り子さんを見てそう一言、呟いた。

それだけで十分だった。無性に涙があふれてきた。母の感想は、私の顔色をうかがったお世辞に過ぎないかもしれない。これは私の自己満足だ。それでもよかった。私たちに確実に別れが近づいていた。

多分あの時間と空間は、母と私の別れの予兆だったのだ。私が母にできる、最後の贈り物――。

それは、一瞬でも母を解放してあげることだった。「愛」を知らない母に、踊り子さんの無償の愛に触れることで、母を「ただの女の子」に還してあげたかった。私が自らの手で切り開いたこの広い世界。母が生涯見ることのできなかった、この愛にあふれる世界。その断片を母に見せてあげたかった。

このとき、私と母の別れのタイムリミットは、刻一刻と近づいていたのだと思う。

私の心は、母と確実に決別しつつあった。これまでのように母に対して揺れ動くことはなくなっていた。数々の親を捨てた「子ども」たちを取材する中で、彼らから学び、勇気づけられながら、私の気持ちは定まった。私は心の奥底から湧き上がる思いに、正直に耳をすませた。

私は、母が重い。

私は母と向き合いたくない。私は母の介護もしたくないし、死に目にも会いたくないし、亡くなっても墓参りもしたくない。すべてを、放り出したいのだ。私は、母からとことん逃げたい。

私は母の面倒を見たくない。母の葬儀をしたくない。

私は私に問いかけ、そう宣言してみる。晴れやかな気持ちになれた……わけはない。苦しい。「親不孝者！」という言葉が頭をよぎる。それは、世間の声だ。私をこれまでずっと苦しめてきた、「正しさ」という暴力だ。まとわりついて離れないうるさいコバエのような声たちだ。私たちはきっと、この「正しさ」に支配されてきた。逃げなければ、私の傷はまたパックリと開いてしまう。

母から逃げて、何が悪い。母を捨てて何が悪い。私は、自身にそう立ち向かう。私に正直でありたい。それが、私の人生を生きるということなのだから。あとは私自身が母に、そして私の過去に、決着をつけるときがきたのだ。もう、他人ごとではいられなかった。

母との決別

私は信濃毎日新聞という長野県の地方紙で、一年間にわたってエッセイの連載を受け持っていた。連載の最後は、私自身のライフワークである「親を捨てたい子」をテーマに執筆しようと決めていた。そしてその内容は、「私の母のこと」で終わるのだ。

考えてみれば幼い頃の私は、新聞に投書するために「神の視点」を身につけた。「神の視点」に立ち続けるために、自分を抹殺した。それは母が望んだことだからだ。母に認められようと懸命だった日々。新聞の投書欄に、来る日も来る日も強迫的に応募し続けた日々。必死に大人の言葉を体得したあの日々。人の顔色ばかりうかがって生きてきた私。優等生であり続けた私。母のために書き続けた日々。社会問題を大人の言葉で必死に論じた日々。だけどそんな「私」が、「私自身」を今も縛っている。

だけど、それはどうしようもなく苦しい。本当の自分を見失いそうになる。

私はこの因縁のある新聞というメディアで、「母のこと」を語りたいと感じていた。なぜ私は家族代行ビジネスにこだわるのか。それは私が母を捨てるためなのだ、自分の人生を生きるために、母親と決別するためなのだ、と――。

私は私自身の言葉で語らなくてはいけない。語りたい。今こそ、「私」を取り戻すために。いや、「私の言葉」を取り戻すために。ようやく「神の視点」を手放すときが訪れたのだ。

昔、プレイしていたゾンビゲーム。あのゲームのラスボスのように、ときを重ねるにつれて二次形態、三次形態へと変化し、強さを増してきた母。それは弱さという強さであったのだと思う。私はそんな母に翻弄され、いつもラストステージで負け続けてきた。

そろそろ私は、母を倒さなければならない。いや正確には、私の中につくり上げた母というラスボスを倒さなければならない。それは私自身で決着をつけるしかないのだ。

物語のハッピーエンドはいつだってラスボスを打ち負かしてこそ訪れるのだから。もう母を倒すためのアイテムは、すべて揃っている。あとは私の覚悟だけだ。

私は信濃毎日新聞に、母による虐待体験のエッセイを書いた。そして、送信ボタンを押した。掲載直前、編集担当から慌てた様子のメールがあった。

「じつは菅野さんのお母さんが、うちの新聞を取っているみたいなんです。こちらの記事、送っても大丈夫ですか?」

「はい、大丈夫です」

私は、メールを返信した。少しも迷いはなかった。それでも思わず、その場にヘナヘナと崩れ落ちた。この瞬間に私と母をつないでいた目に見えない糸が、本当にプツリと切れた気がしたからだ。そして同時に何かがはじまったようでもあった。一瞬、切ない思いが心を駆け抜けたが、その半面、不思議な解放感があった。

それ以降、母との連絡は途絶えた。

私はけっして、もう揺るがない。私は母を、捨てたのだから。

自由になるために

今後、私に待ち受ける事態――。母の頼みの綱は、溺愛する私の弟だ。もし平均寿命どおり父が先に亡くなるとして、母が弟を頼り、最期を迎える。これが第一のパターン。しかし、不測の事態はいくらでも起こる。むしろ人生は不測の事態だらけだ。何かがあって弟が先に亡くなるかもしれないし、そもそも介護を投げ出す可能性も大いにある。

もしそうなれば、第二パターンの始動だ。

遠藤さんがつくり上げた、そして私自身が仕掛けた「家族代行ビジネス」を頼るのだ。そして、母の介護から納骨までのすべては遠藤さんの団体に一任する。

問題なのは、実家とともに膨大な遺品が残る点だ。遺品整理は、血縁関係のある私の最後の大仕事と言っていい。しかし、それはどんなかたちであってもいいはずだ。

私自身がそれに真正面から向き合うと、精神崩壊してしまうかもしれない。少なく見積もっても過去のいろいろな思いがよぎり、疲労困憊するのは確実だ。あの家には、母の苦しみが詰まっていた。愛情というモノに支配された母。そして、その中で、のたうち回っていた母。私は、母のような苦しみの中に身を置きたくない。母のように愛情に、モノに支配される人生を手放したい。私は、モノからも自由になりたいのだ。

世の中には、遺品整理業者や特殊清掃業者がいる。私は彼らの活動に精通しているが、彼らはまさに、荷の重いその最後の後始末を引き受けてくれる味方である。母を捨てた今、あの家に残されたモノと、私は向かい合う勇気がない。気力もない。そんな状況で、片づけの作業を他人に丸投げする。

誠実な遺品整理業者は、通帳や金品などの場所を探し当て、それを返してくれる。おもしろいのは、彼らはいろいろな流通ルートを知っていることだ。日本の古着や家具は海外では人気なので、リユースといって、まだ使える衣類や家具はフィリピンなどの海外に輸出されるのである。母の悲しみと怨念が詰まった家の遺品を誰かが使ってくれると思うと、素直に嬉しい。あの箪笥もただの粗大ゴミとならず息を吹き返し、世界のどこかの家に旅立ち、温かな家庭の笑い声を聞く日が来るかもしれない。

母の残したモノも、あの家に宿った悲しい歴史も、誰かの元に届くことで再生され、その記憶もリセットされる。そう考えると、業者にすべて任せるのも悪くない。たった一人で、母に立ち向かう必要はないのだ。いろいろな人の手を借りればいい。

こうして生まれ育った実家も、知り合いの業者が清掃して跡形もなくなるだろう。私は何も見ないし、何も感じない。まっさらになった家だけが私の元に残るはずだ。その家もいずれは売り払い、更地になり、新たな人が住む。

人は不思議なもので、そうした循環の中にあるのだと思う。自分がどうしてもやれないことを、誰かが肩代わりしてくれる。そしてモノも土地も、人も、循環していく。すべては永遠じゃない。私たちは自分ができることで、誰かの手助けをすればいい。

もう苦しむのは終わりにしよう。人生の最終章では、こうして私自身がもっとも楽な道を選ぶつもりだ。家族代行サービスも、遺品整理業者も、今の私が幸せであるためのものだ。

私は逃げる。どこまでも、母から逃げる。徹底的に、母から逃げ続ける。どこまで逃げられるのか。それは私自身の人生で確かめるつもりだ。

幸いにも現代は、「逃げる」ために手を貸してくれる他者がいる。私は少しだけその先陣を切ってきた。そんな私だからこそ、他者の力を借りることは悪じゃない、逃げるのは悪じゃない、と声を大にして言いたい。

親に苦しめられてきたすべての人にそれを伝えたい。だってあなたは、これまで苦しんできたんだから。私たちは、最後まで逃げ続けよう。いや最後だからこそ、とことん逃げてほしい。自分を追い込まないでほしい。

誰が何と言おうと、後ろ指をさされようと、どんな方法を選んでも、私はあなたと共にある。私がそれでも逃げ切れない、苦しいと感じたら、そのときはどうするか。

また私は「痛い、苦しい」と叫びながら、足掻《あが》くだろう。そうしてジタバタしながらどうすれば自分が楽になるか、その方法を誰かと一緒に模索し続ける。その過程を、今度は自分の言葉として社会に発信していくつもりだ。同じように苦しむ、誰かの力になることを祈りながら——。

母が私に遺してくれたもの

東京が好きだ。

他人が他人として、存在していられるから。近所の目を気にしていた暗黒の引きこもり時代を送った私にとって、東京は気楽な場所でもある。

だけど、そんな東京から人がいなくなるときがある。ガラガラとキャリーケースを引いて、一心不乱にどこかへ向かう人々の群れ。お正月やゴールデンウィーク。ガランとした東京の街並み。それを見ていると、本当にこの都市は空っぽになってしまったのではないか、もうここに人は戻ってこないのではないか。そんな錯覚に襲われてしまう。

母と絶縁した今、私には帰る場所がない。帰る田舎がない。帰る故郷がない。私には、東京しかない。大きな湖が干上がったみたいに、東京から急に人がいなくなると、言いようもない寂しさがこみ上げる。

私は捨てた。虐げられたあの過去を。そして、母を。引きこもってじろじろ見られた、あの故郷を。だから長い休日明けに東京に人の群れが戻ってきて、くたびれたサラリーマンや満員電車が復活すると、ホッとする。

私はいつも、母の幻影を探し続けていたのだと思う。

思えば、遠くへきたものだ――。

父と母が出会い、私が生まれた。二人とも幼くて、何かが欠けていた。私は母親の分身として生きることを決意し、書くことを身に付けた。運命に翻弄されるかたちで、社会問題をテーマとしたノンフィクション作家となった。孤独死した人たちと出会った。ゴミ屋敷の住人と出会った。

すべては因果だ。

母の呪縛に苦しみながら、同時に母から認められ寵愛を受けることに、無上の悦びも感じていた。なぜなら私はいつだって、二人で一つだったのだから。

私の頭にはいつも母があった。しかし、母と縁を切ってからは、自由になれた。そして、いつか母にも知ってほしいと感じている。承認という呪縛から自由になる晴れ晴れしさを――。

私は、母がずっと欲しかった。母の愛からも、自由になりたい。母の愛を受けられなかったコンプレックスからも、自由になりたい。私自身をリセットして、真っ白になりたい。

ヤマアラシのジレンマという言葉がある。ヤマアラシという生き物は、近づけば近づくほど傷つけあってしまう。だから、互いの距離を保たなければならない。私は、母に傷つけられてきた。

この本を母が手に取ることはないだろう。母もきっと、あの瞬間に私を捨てたからだ。しかし万が一、手に取ったとしたら、母を傷つけることになるのは百も承知である。だけど、書かずにはいられなかった。私たちは今も傷つき、こうして傷つけあいながら、この瞬間を生きている。

七〇歳近い母は、おそらくこれから自分の人生を生きることは難しい。だけど私に取りつくことも、もうできない。幼少期にあれだけ怖かった強大な母は、老いて枯れ木のようになっても私の傍にいた。愛情というアメとムチを巧みに使い分けて——。むしろ歳を重ねてアメが増してからのほうが、激しい戦闘がはじまるのだ。

考えてみれば、私の人生はいつだって苦しみの連続だった気がする。いや、親を捨てたいすべての子どもたちにとって、きっと社会はいばらの道で、苦しみはつきものだ。母だけではない。誰かの心無い言葉や、世間の声はきっと、私やあなたをふとした瞬間に傷つける。親を捨てるという選択もそうだ。どんな選択にも必ず、痛みがつきまとう。だけどその選択を、誰にも責める権利はない。それが親と子が傷つけあわずに生きていく最善の方法で、それしか残されていなかったのだとしたら。私だけはあなたの味方でいたいと思う。

何度も繰り返すが、私は母の死に顔を見ない。墓にも行かない。あの家にも帰らない。あとは私自身が自分の人生をどう生きるか、だ。私は私にできる最善の方法で、母を葬り去ろうと思う。そうして私は、完全に、母を「捨てる」。

しかし、何も残らないわけではない。どんなに物理的に制度的に離れても、確実に私の手元に残っているものがある。母が私に託したものがある。

それは「書く」ことだ。それは私の心と体に絡みついて離れない、悲劇の象徴でもある。そうしなければ、子どもの私は生きていけなかったからだ。私がこうして夜中にパソコンの前に座り一文字一文字を紡いでいるのは、母が確かに私に遺したものなのだ。

それは母が授けてくれた武器だ。それによってこの文章は、あと少しで終わりを迎え、この本は完結しようとしている。

しかし、母によって何かを持たされたのは、きっと私だけではないはずだ。私にとってはそれは書くこと。多くの人たちはほかの何かを母から持たされて、十字架として人生を背負っている。そんな自分自身と、どう対峙するべきか。

母を捨てた今、私は書くことを手放すだろうか。もう一区切りつけたい気もする。母から与えられた武器を、どう活かすのか、それとも手放すのか。自問自答することもある。

私はこれまでの人生、母のためにひたすら走り続けてきた。母の自慢の娘であった私は、書くことから解放されたいと無性に願い続けていたのかもしれない。そんな私をひたすら休ませてあげたい気持ちもある。

しかしその一方で、もし書くことが社会に活かせるのならば、という思いもある。その方法を選ぶなら、このまま書き続けるのも手かもしれない。孤独死やセルフネグレクト、または親を捨てる方法、それを伝えるのが私の役目であるなら、ここからは母のためではなく、母に認められたい自分のためではなく、苦しんでいる誰かのために、この筆を役に立てたい。これまで必死の思いで書いてきた私の人生は、特別なものではない。ありふれていて、どこにでも転がっている、ごまんとある家族のドラマだ。

しかし、私のように生きることに苦しみを抱えた人間を大量に生み出す社会でいいのだろうか。私はそんな社会に抗いたいと思う。これからも、ずっと抗っていきたい。

じつは今、文章サロンの準備をはじめている。なるべく無償に近いかたちで、文章の書き方を一般の人に教える場をつくりたいと感じ、いろいろな人にアドバイスをいただきながら奮闘している。

人がどうにもならない状況に身を置いているとき、それを表現することはきっと武器になるはずだ。微力ながらその手段を誰かに与えられるなら、こんなに嬉しいことはない。

母から手渡された武器を、私と同じように社会で苦しむ人々に手渡すこと。それが母へのレクイエムであり、私がやるべきことなのかもしれない。

道は明るい。きっと、どんなに暗闇が立ち込めていても、光はさし込んでくる。あのとき小さく浅く息をしていた私は、生き延びて何とかここに辿り着いた。考えてみれば、私が生きていることの証しだったあの光は、私と片時も離れることもなく、傍にあったのだ。あの光はこれまでも、そしてこれからも、私が生きるその道を力強く照らし続けるだろう。

母が授けた武器が誰かにとって一条の光となり、足元を照らすことを祈りながら――。苦しみを抱えた誰かと、共に歩んでいきたいと思う。

エピローグ　私の中の少女へ

生理が来ないと感じたのは、数か月前のことだ。母がよく包丁を振り回していたあの年齢に、私は着実に近づいていた。最近は小じわが増え、白髪が目立つようになった。子どもが欲しくないという考えは、結局この年まで覆ることはなかった。

だから私は、凛子ちゃんのように「普通」の人生を送ることはできない。それでももう子どもを生めない体なのだと感じたとき、言いようもない喪失感が私を襲ったのは事実だ。それは、自分自身が引き裂かれるかのような苦しみなのだ。

徹底的に母に「性」を禁止されて育った私は、今も男性に性的欲望を向けられるのが苦手だ。知り合った相手からセックスしたいオーラを感じると、「汚らわしい」と嫌悪感が先に立つ。そして逃げ出したくなってしまう。

しかし、そんな抑圧は、どこかで反動がくる。

異性を思うとき、心がドキドキしても自らの「性欲」に蓋をして自分を縛ってしまう自分。それは行き場のない欲望として、くすぶり続けたままだ。私は自分の性欲を忌むべきものとして扱ってきた。私の身には起こってはいけないこととして、見て見ぬふりをして排除してきた。

私は、知りたかった。それと同時に、知りたくなかった。「性」に対するとき、なぜ私はこんなに生きづらいのか。苦しいのはなぜなのか。「痛い」のはなぜなのか。ＳＭのようなかたちでしか、性と向き合えないのはなぜか。

そんな私が女性用風俗の取材をはじめたのは数年前だ。私はこれまで利用者である女性たちに話を聞いてきたが、自分自身が利用者にならずにズルズルときていた。せっかくなので、本の最後は自分の体験で締めたい――。そんなことから、取材のため、はじめて自分自身が利用者となった。とはいえ性に対して激しく禁忌がある私は、男性と性的なことがしたいわけではない。

私が女性用風俗でやりたいこととは、なんなのだろう――。自問自答した結果、心に浮かんだのは、高校生カップルのようなデートだった。高級レストランでもなく、夜景の見えるロマンティックなホテルでもない。公園でボートに乗り、ゲーセンに行きたい。

それは自分でも笑っちゃうようなデートプランだったと思う。現に友だちに話すと鼻で笑われた。しかし、私の中の少女は、ずっとあの頃に置きざりにされたままだ。だから、私は「凛子ちゃん」のような普通の女の子になってみたかったのだ。
お相手に選んだのは、スラリとした長身の一回り年下の塾の先生だった。

彼と昼過ぎに駅で待ち合わせをして、近くの公園を歩いた。塾の先生という職業柄もあるのだろう。彼は会うなり、ひょいひょいと危なっかしく車道に飛び出す私を「おいでよ」とばかりに何度も引き寄せてくれる。私は遠慮がちに彼の腕をつかんだ。

恋人同士のようなイチャイチャ感も、スリリングな駆け引きもない。しかし、彼が穏やかで博愛的な愛の持ち主であることがわかった。私にはそれが新鮮で心地よかった。それと同時に、彼の無償の愛を感じながら、罪悪感も頭をもたげてきた。

私の心に宿ったのは、言いようもない戸惑いだ。

昔から誰かに褒められるのは好きだった。褒められていると安心する。ここにいていいんだ、存在価値があるのだと思える。幼少期は新聞掲載や賞を取ったとき、大人になってからはいい仕事をしたときに、「誰か」が褒めてくれた。だけど、思えばいつもそれは条件付きの愛だった。

だから私は、人から無条件に優しくされることに慣れていない。「ただの女の子」のまま愛され優しくされることに、申し訳なさを感じてしまう。

彼と私は公園でボートに乗り、近くのゲーセンに入った。そして、彼にUFOキャッチャーで猫のぬいぐるみを取ってもらい、レースゲームをした。本当に高校生カップルのようなデートだ。私は大人と少女の間を、たゆたっていた。

その後、私たちは街をふらふらと歩いた。明るかった街が、しだいに暗さを帯びていく。ふと気恥ずかしくなり、彼と私の距離は離れてしまう。しかし、彼は私が手を離すたびに、「離さないで」と何度も何度も戻してくる。そのとき、あぁ、つかんでもいいんだ、と思った。いくら欲しくてもずっと母にほどかれてきた手。だけど彼にならば絶対にほどかれない、そんな確信があった。私は彼の腕をつかんだ。ギュッとつかんだ。離したくない。それは確かに、長年心の奥底で喉から手が出るほどに欲しかった何かとは違うものだ。

この時間だけは、あなたの無償の愛をください——。私は、心の奥底でそう願った。

そうして彼と私は、残りの時間をガチャショップに入ったり、お茶をしたりして駅で別れた。それはとても穏やかな時間だった。

私の机の上には、猫のぬいぐるみがある。私は優しく笑いかける。なぜだか、涙がこみ上げてくる。母の虐待をなかったことにはできない。生理も終わってしまった。凛子ちゃんのような「普通」の人生を取り戻すことが無理なのはわかっている。だけど、私は少し私に優しくなってもいいのかもしれない。

彼に大事にされたときに、心の何かが揺さぶられた。それは母に愛されたかった不全感を抱える、私の中の少女だ。その少女を、もう押し殺さなくていい。なかったことにしなくていい。私は私の中の少女を楽にしてあげたい。牢獄から解放してあげたい。

後日、彼と歩いた公園を一人で辿った。新緑の匂いが心地いい。足取りがふわりと軽い。あの大事にされた感覚が蘇ってくる。腕を組んで歩いた、あのときを思い出す。私は感じていた。彼とまた会うかはわからない。もう二度と会わないかもしれないし、また違う風景を一緒に見るかもしれない。

ただ確実に言えるのは、恋愛が何かがはじまることなら、これは何かを終わらせる行為ということだ。愛をもたらすことのできる人たちによって、これまで得られなかった愛の断片を取り戻す作業だ。それは少し早い終活で、死ぬまでに欠けたパーツを埋めていく作業に近いかもしれない。私は生涯をかけて、さまざまな人の手を借りながら、試行錯誤して心のリハビリをしていくのだろう。

そして自分自身の回復をちゃんと見届け、いつしか「死」が訪れるとき、ゼロに近づきたい。「痛み」から自由になり、ただ何もない、真っ白な自分に還るのだ。

母が家の中で包丁を振り回していたあの年齢を過ぎた。私もいつかこうなるかもしれない、ずっとそれが怖かった。しかし、今の私の手に、刃物はない。代わりに私の手には、彼に取ってもらった猫のぬいぐるみがある。それを優しく撫でる自分を愛らしく、そして誇らしくも思う。

おわりに

ここまでよく生きてきた。偉いよ。がんばったよ。私は私を、そして紙面の向こうのあなたを、褒めちぎりたい。そして頭をクシャクシャ撫でてあげたい。

普通に日常生活を送っていると、生きていることを誰かに褒められる経験はそうそうない。しかし、私は自信を持って、讃えたい。

幼少期に生殺与奪を握っていた母、老いてなおまとわりついてくる母、どんなに姿になろうとも心身に入り込み、大蛇が獲物を絞め上げるように苦しめてくる母。これだけ変幻自在に姿を変える母という魔物に翻弄されながら、私は、私たちは生きてきた。生き抜いた。そして、今も生きている。

それこそが、奇跡なのだ。それだけで十分、褒めてあげていい。

母を「捨てた」今、私はそう確信している。だから母に苦しめられてきたあなたにも、まだその渦中にいるあなたも、みんな抱きしめたい。

母によって傷まみれになった私たちは、ボロボロの車で、真っ暗闇をひたすら逃れ続けてきた。私はたまたま脇道に逸れて、決死の思いで母を振り切ることができた。

そして、「母を捨てた」。

それが果たして正しいことかはわからない。心では今も大粒の涙が流れているし、いつも母のことを思いだし、言いようもない後ろめたさに、支配されたままだ。

しかし無我夢中で走りついた先に見えたのは、やはり光だったと思う。母を捨ててから私の心は、少しだけ軽くなった。


人生の後半が見えてきた私にとって、人生で最も重大なテーマがある。

それは、母につけられた傷をどう回復していくか、だ。母を捨てたあとに、どのような人生を歩むか——、それこそが母に苦しめられた私たちにとっての最重要課題だ。私の体に巣食った毒牙は、今も心と体を浸食してやまない。心と体に深手を負った私たち——。いつ癒えるともしれないその傷は、絶えず疼いている。

唐突だと思われたかもしれないが、エピローグに女性用風俗の話を入れたのは、性を徹底的に抑圧されてきた私にとって、それが一つの再生の糸口のような気がしたからだ。

多分、解毒の道筋はほかにもたくさんある。今後は人生を賭けて、その方法を模索していくつもりだ。

そして、自分の人生の物語を一歩ずつ紡いでいきたい。そう、ありとあらゆる方法で母から解き放たれて、幸せになるのだ。

私たちは幸せになる権利がある。

それが本当の意味で母と決別し、捨てたことになると私は確信している。

もしも母を捨てたあとに、「それから」があるとしたら、いわば再生編になるだろうか。私は、暗闇を抜けた先にある「あなたの物語」も聞きたい気持ちでいっぱいだ。

まだ見ぬあなたと、いつか晴れやかな笑顔で語れる日を願って——。

2024年1月

筆者

菅野久美子（かんの・くみこ）
ノンフィクション作家・エッセイスト。
1982年生まれ。大阪芸術大学映像学科卒。
大学卒業後はアダルト系出版社に就職、SM雑誌の編集に携わる。
その後、独立し、フリーライターへ転身。主な執筆テーマは、性と死、家族問題。
自ら毒親問題に苦しんだ経験から、近年は親に苦しめられた子どもと、
その親の最期を引き受ける家族代行ビジネスを取材・執筆。
その知られざる実態を書籍やWeb媒体などで発信し、
メディアで大きな話題になった。
著書に『超孤独死社会 特殊清掃の現場をたどる』（毎日新聞出版）、
『ルポ 女性用風俗』（ちくま新書）、
『家族遺棄社会 孤立、無縁、放置の果てに。』（角川新書）、
『生きづらさ時代』（双葉社）など多数。

母を捨てる

2024年3月3日　第1刷発行

著者　菅野久美子
発行者　鈴木勝彦
発行所　株式会社プレジデント社
〒102-8641　東京都千代田区平河町2-16-1　平河町森タワー13階
https://www.president.co.jp/
電話　編集（03）3237-3732　販売（03）3237-3731

ブックデザイン＋カバー写真　鈴木成一デザイン室
DTP　キャップス
販売　桂木栄一＋高橋　徹＋川井田美景＋森田　巌＋末吉秀樹
編集　工藤隆宏
制作　関　結香
印刷・製本　萩原印刷株式会社

©2024 Kumiko Kanno
ISBN 978-4-8334-2526-1　Printed in Japan
落丁・乱丁本はおとりかえいたします。
JASRAC出 2400052-401